I0728544

STALOWA DETERMINACJA PANNY REMINGTON

ZALOTNE KOMPLIKACJE

NOWELA JEDEN

EBONY OATEN

STALOWA DETERMINACJA PANNY REMINGTON

Panna Amelia Remington zarabia na życie, aranżując małżeństwa, jednak sama nie ma najmniejszego zamiaru kiedykolwiek stawać na ślubnym kobiercu. Jako mózg stojący za słynnym biurem matrymonialnym swojej ciotki, jest pragmatyczna, dyskretna i w pełni zadowolona z pozostawania w cieniu. Jej plany na spokojne i niezależne życie idą zgodnie z planem, dopóki nie zjawia się zuchwały walijski markiz i nie wyrzuca za okno wszelkich konwenansów. David Rosstrevor, Ardalith Caernarfonshire, potrzebuje żony, i to jeszcze przed następnym przypływem. Nie ma cierpliwości do towarzyskich gierek, a tym bardziej do ckliwych panienek. Gdy tylko jego wzrok pada na bystrą i zaskakująco kompetentną pannę Remington, jego poszukiwania dobiegają końca. Oświadcza swoje zamiary z szokującą bezpośredniością, która odbiera Amelii mowę. Nie chce, by znalazła mu żonę; chce, by to ona została jego żoną. Podczas gdy Amelia próbuje podsuwać mu bardziej odpowiednie kandydatki, sama jest coraz bardziej zafascynowana jedynym mężczyzną, który ją widzi — naprawdę ją widzi — i jest zdeterminowany, by była jego, bez względu na to, jak bardzo się opiera.

ROZDZIAŁ I

LONDYN, GRUDZIEŃ 1815

Młoda dama, panna Waverley, wierciła się w milczeniu, bawiąc się swoją torebeczką, podczas gdy jej mama, pani Waverley z Waverleyów z Pembroke Square, wychwalała liczne cnoty córki. „Czarująco śpiewa, lecz tylko na prywatnych spotkaniach w gronie przyjaciół i rodziny, nigdy publicznie. Unika późnych wieczorów. Czytuje jedynie najstosowniejsze lektury i nigdy nie mruży oczu nad stronicami. Prawdziwie celuje w robótkach ręcznych. Będzie znakomitą żoną dla wicehrabiego lub hrabiego. Ufam, że jeśli wykupimy członkostwo, niezbędne prezentacje odbędą się na następnym zgromadzeniu?".

Wdowa, pani Lamb, nalewała herbatę, słuchając. Od czasu do czasu potakiwała, lecz nie zaprzeczyła ani razu. Nie potwierdziła również niczego, pozostawiając pani Waverley pole do skwapliwego wypełniania ciszy w rozmowie i dalszego rozprawiania o jej wspaniałej, nieskazitelnej córce, jakby młoda kobieta nie siedziała w tej chwili w tym samym pokoju.

Amelia Remington siedziała cicho obok swojej ciotki, pani Lamb. Z robótką w ręku, Amelia miała być widziana, ale nie słyszana. Była to doskonała okoliczność, ponieważ oznaczało to, że mogła podsłuchiwać z całkowitą bezkarnością. Dyskusja nigdy nie miała zejść na nią i nikt nie miał jej pytać o zdanie.

Przynajmniej nie w obecności pań Waverley. Później, gdy zostaną z ciotką same, porozmawiają, a Amelia wyjmie swoją księgę i, wertując strony, poszuka najbardziej odpowiedniej partii dla tak przykładnej i cichej istoty.

Czy ta młoda dziewczyna w ogóle się odzywała?

Amelia zrobiła ścieg, po czym zachowała na przyszłość kolejny strzępek informacji uzyskanych od pani Waverley. Ścieg i zapamiętać, zapamiętać i ścieg.

„Rzecz jasna", ciotka Lamb wypowiedziała swoje pierwsze od blisko dziesięciu minut słowa. „To najbardziej sprzyjające okoliczności do kojarzenia małżeństw i dalece lepsze od wszelkich innych. Nasz system zaowocował wieloma szczęśliwymi związkami. Nasz kamerdyner, Simmonds, zajmuje się rezerwacjami, więc proszę złożyć u niego datek na rzecz sprawy".

Ciotka Lamb nigdy bezpośrednio nie przyjmowała od nikogo pieniędzy. Byłoby to niestosowne.

„Tak", zgodziła się lady Waverley. „Wyślę gońca ze środkami. Czy ma pani przy sobie kupony, żebyśmy mogły zaplanować, w których wydarzeniach wziąć udział?".

Amelia omal nie zgubiła ściegu na ten strzępek informacji. Mój Boże, ta matka przechodziła od razu do rzeczy, żądając kuponów przed wyjściem i bez rozstawania się z ani jednym groszem.

Amelia owinęła nić wokół igły, po czym przebiła nią materiał, by zrobić francuski węzełek, cały czas zastanawiając się, czy panna Waverley miała w ogóle jakiś znaczący posag.

Ponieważ posag był tematem, który z całą pewnością został pominięty podczas całego spotkania.

Ciotka Lamb kaszlnęła w dłoń i zadzwoniła na pokojówkę. Dziewczyna zjawiła się z tacą i sprzątnęła puste filiżanki oraz imbryk. To spotkanie dobiegło końca.

„Nie noszę przy sobie kuponów", zaczęła ciotka Lamb, „gdyż jestem pewna, że pani to zrozumie. W ten sposób nie można mnie oskarżyć o faworyzowanie którejkolwiek z młodych dam poszukujących mężów, ani też żadnego z wielu, wielu odpowiednich i utytułowanych dżentelmenów, którzy uczęszczają na moje przyjęcia. Nie jest rolą kobiety zajmować się pieniędzmi, na szczęście jesteśmy wolne od takich spraw".

Ściegi za nic nie chciały wychodzić, gdy Amelia z wściekłością skupiła się na materiale w tamborku, modląc się, by nie wybuchnąć śmiechem na widok tego, jak misternie kobiety krążyły wokół tematu płacenia za usługi. Amelia Remington nie miała wątpliwości, że gdyby ciotka Lamb dała teraz Waverleyom kupony, zapłata nigdy by nie nadeszła.

Simmonds, ich kamerdyner, wielokrotnie dowiódł swojej wartości, będąc idealnym parawanem dla finansowej strony interesu. Opanował do perfekcji sztukę otwierania księgi i wpisywania czyjegoś nazwiska, podczas gdy osoba ta wahała się z zapłatą. Gdy już ich nazwisko znalazło się na stronie, zapisane atramentem, rzadko wycofywali się z umowy, byle tylko ktoś inny nie zobaczył ich nazwiska skreślonego w tej bardzo czytelnej księdze.

Bez względu na sytuację, Amelia poinstruowała Simmondsa: jeśli klient nie płaci, nie dostaje kuponów. I chwała mu za to, że przestrzegał tych poleceń co do joty. W końcu w jego najlepszym interesie leżało, by przedsięwzięcie odnosiło sukcesy, zachowując dyskrecję i ukrywając rolę Amelii w całej operacji. Tak, żądanie pieniędzy z góry było nieco wyrachowane, ale z drugiej strony, to samo można było powiedzieć o targu małżeńskim.

Piętnaście minut później starsza i młodsza Waverley opuściły Lamb House, a Amelia i ciotka Lamb wciąż nie wiedziały, czy zapłaciły, czy nie. Mogły sprawdzić księgę i pozostałe kupony, ale były pewne, że Simmonds sobie z tym poradził.

Ciotka Lamb zadzwoniła na pokojówkę, która weszła, nim dzwonek w pełni wybrzmiał.

„Więcej herbaty dla mojej siostrzenicy, a dla mnie brandy".

Pokojówka dygnęła i zabrała się do pracy.

„Czy mam zadać to straszne pytanie, które nie padło ani razu podczas spotkania z panną Waverley?", spytała Amelia.

„Nie ma potrzeby", ciotka Lamb zajęła miejsce przy oknie. „Dziewczyna nie ma posagu, tego jestem pewna. Jej jedyną szansą na zamążpójście jest skompromitowanie jakiegoś arystokraty. Gdyby do takich rzeczy zaczęło dochodzić na naszych zgromadzeniach, wieść rozniosłaby się szybciej niż tyfus, a my wpadłybyśmy w nie lada kłopoty".

„Wylądowałybyśmy na bruku", zgodziła się Amelia.

„Gorzej", ciotka Lamb odwróciła się do niej. „Musiałabyś wyjść za mąż!".

Obie kobiety roześmiały się, a Amelia dodała wesoło: „Wszystko, tylko nie to!".

Pokojówka wróciła z zamówionymi napojami. Amelia porzuciła haft i przyjęła herbatę. Ciotka Lamb pociągnęła łyk brandy i głośno westchnęła. Były tu tylko we dwie, więc obie zachichotały. Amelia podeszła do sekretery i otworzyła szufladę, by wyjąć kilka zwiniętych kartek przewiązanych wstążką. Następnie wyjęła mocno sfatygowany rodzinny egzemplarz „Debretta" i zaczęła go wertować.

Ciotka Lamb pociągnęła kolejny łyk brandy i oświadczyła: „Założę się z tobą o nową, śliczną, niebieską wstążkę do twojego kapelusza, że nie ma żadnego baroneta Waverleya".

„Masz rację, ciociu. Nie ma żadnego baroneta Waverleya. Nie mogę nawet znaleźć gałęzi z Pembroke o tym nazwisku".

„Wiedziałam".

Amelia zamknęła księgę, która była tak niezbędna w ich interesie. „A szkoda, bo to oznacza, że wciąż mamy nierównowagę na następnym zgromadzeniu. Mamy dwudziestu czterech dżentelmenów, a tylko dwadzieścia dam".

Ciotka Lamb cmoknęła ustami po kolejnym łyku brandy. „Zawsze możesz dołączyć".

Amelia potrząsnęła głową. „Ta brandy rozwiązała ci język, ciociu. Nic na świecie nie zmusiłoby mnie do udziału w zgromadzeniu, albowiem nigdy nie wyjdę za mąż".

„Być może będziesz musiała, żeby wyrównać liczbę".

„Nie, jeśli zdołam temu zapobiec".

„Och, daj spokój, w końcu przecież wyjdziesz za mąż, prawda?".

„Nie wyjdę. Nie pozwolę, by mąż zaraził mnie jakąś ohydną chorobą z kontynentu, która przyspieszyłaby moją śmierć, nie mówiąc już o śmierci w połogu w desperackiej próbie dania mu dziedzica".

Ciotka Lamb odstawiła brandy na stoliczek i wstała z ramionami szeroko otwartymi w geście uścisku. „Moja droga dziewczyno, wciąż opłakuję twoją matkę, tak jak i ty z pewnością. Żonaci mężczyźni równie łatwo mogą umrzeć".

Przypomnienie o wdowieństwie ciotki mocno poruszyło Amelię. Ciotka Lamb wyszła za mąż dopiero w wieku dwudziestu trzech lat i nie była długo mężatką, gdy jej małżonka wezwano do Królewskiej Marynarki. Kiedy wieść o jego bohaterskiej śmierci w końcu dotarła do niej w Londynie, sięgnęła po atlas, by odnaleźć Morze Adriatyckie i ustalić miejsce wiecznego spoczynku męża. Nie, nie było to miejsce, które mogłaby łatwo odwiedzić, by złożyć kwiaty na jego wodnym grobie. Dzieliło ją od niego kilka miesięcy podróży. Równie dobrze mogłoby to być na drugim końcu świata. Minęły od tego cztery lata, a ciotka Lamb oświadczyła, że nigdy więcej nie wyjdzie za mąż. Co nie powstrzymywało jej od żywienia nadziei w kwestii Amelii.

Amelia wzięła ich zwinięte dokumenty członkowskie i rozłożyła je na podłodze, bawiąc się w swatkę z nazwiskami. Kluczem było dopasowanie osobowości ludzi w równym stopniu co ich sakiewek. A także ich aspiracji. Oraz porównawczego wzrostu. Chudych, wątłych lordów można było w zasadzie dopasować do każdej, a ich zdrowie prawdopodobnie poprawiłoby się po ślubie. Ale smukłe młode kobiety, które mogłyby odlecieć z podmuchem wiatru, nie dotrwałyby do pierwszej rocznicy u boku brutala. W niewłaściwych rękach swatanie mogło być krwawym interesem, ale Amelia była zdeterminowana, by nikt nie ucierpiał.

Przesuwając kartki, umieszczała je przy wyimaginowanym stole jadalnym. To, gdzie usadziła ludzi, mogło mieć ogromne konsekwencje dla reszty ich życia. Odpowiedzialność bardzo jej ciążyła. Drzwi do ich pokoju otworzyły się.

Co takiego? Nikogo więcej się nie spodziewały. Ciotka Lamb wyprostowała się. Simmonds ukłonił się i zapowiedział ich nowego gościa.

„Pani Lamb, panno Remington, Ardalith z Caernarfonshire".

„Kto taki?", spytała ciotka Lamb.

Mężczyzna, o którym mowa, zdjął kapelusz i skłonił się zamaszyście. „Ardalith z Caernarfonshire, do usług".

W uszach Amelii zabrzmiały wyimaginowane harfy, gdy spojrzała na najbardziej intrygującą twarz. Wyglądał czarująco niechlujnie, jak ktoś, kto przybył z długiej podróży. Na nim dodawało mu to witalności, a nie zmęczenia. Błyszczące, brązowe oczy pod dobrze zarysowanymi brwiami patrzyły na nią z góry. Być może była to kwestia perspektywy – ona tak nisko na podłodze, a on stojący w pełnej krasie, ale jego nogi wydawały się nadzwyczaj długie. Mój Boże, gapiła się! Rumieniec wpełzł jej na szyję i oblał twarz.

— Gdzie jest to Karnacjonszer? — zapytała ciotka Lamb.

Och, doprawdy, Amelia zaczęła się zastanawiać, czy brandy nie pomieszała ciotce zmysłów. Mógł to być nowy subskrybent. Sądząc po jego odzieniu w najnowszej modzie, miał fundusze. Byłby użyteczną reklamą, która przyciągnęłaby więcej debiutantek na sezonowe wieczorki.

Z lekkim warkotliwym akcentem powiedział: — Caernarfonshire leży w krainie samego Pana, w północnej Walii. Ardalith to po walijsku markiz.

Amelia szybko zebrała papiery i listy z podłogi, po czym złączyła je w plik. Wstała i wsunęła je na najbliższą półkę, nim odwróciła się i wyciągnęła dłoń na powitanie.

Ciotka Lamb dokonała prezentacji. — Milordzie, to moja siostrzenica, panna Amelia Remington.

— Miło mi pana poznać, milordzie — rzekła.

Ujął jej dłoń i zgrabnie się nad nią pochylił, po czym cmoknął powietrze tuż nad skórą. Mimo braku kontaktu gorąco rozlało się po jej dłoni i popłynęło w górę ramienia. Lada chwila mogła zemdleć, niczym te głupiutkie debiutantki, które ledwo pisnęły słówko podczas rozmów z ciotką Lamb.

A jednak był mężczyzną, dla którego warto było zemdleć.

Gdy mężczyzna, godny omdlenia, wyprostował się do pełnej wysokości, skinął grzecznie głową ciotce Lamb. — Z dobrego źródła wiem, że jest pani matroną towarzystwa, która może przedstawić mi moją przyszłą żonę.

— Owszem — odparła ciotka Lamb, poprawiając nerwowo spódnicę. Amelia uśmiechnęła się do siebie na widok chwilowego zakłopotania ciotki. Być może ją również przytłoczył ten wspaniały okaz męskości stojący w ich salonie, z gęstymi, kasztanowymi włosami, potarganymi wiatrem. — Nie spodziewałyśmy się dziś po południu żadnych dalszych spotkań.

Wyglądał na zdziwionego. — Wysłałem przodem posłańca z listem, ale musiał zostać zatrzymany po drodze.

Amelia miała koszyk korespondencji, której jeszcze nie przejrzała. Wiadomość od ardalitha mogła znajdować się pośród tych listów. Niestety, przy takiej liczbie zgłoszeń, na ich spotkaniach towarzyskich i tak był już nadmiar dżentelmenów. Potrzebowały więcej młodych dam. Na nieszczęście niedawno przepytywanej panny Waverley, Amelia wątpiła, czy jej rodzina zdąży na czas wykupić bilety.

Ciotka Lamb wyrecytowała swoje często powtarzane zasady: — Godziny przyjęć są ściśle określone między drugą a czwartą po południu. Proszę ustalić termin z kamerdynerem przy wyjściu, a zobaczymy się z panem na najbliższym wolnym spotkaniu.

— Ach tak, cóż... — ardalith zyskał na czasie, przeczesując dłonią loki. — To wspaniale. Skoro nie ma jeszcze czwartej, czemu nie przeprowadzimy rozmowy właśnie teraz, za minutę?

Cóż za dziwny sposób mówienia.

Amelia musiała zainterweniować. — Dobre rzeczy przychodzą do tych, którzy czekają. My, to znaczy ciotka Lamb, będzie musiała najpierw przeczytać pański list, potem przejrzeć swoje akta, aby ocenić największe prawdopodobieństwo dopasowania, a następnie przeprowadzić rozmowę.

— Owszem, bardzo dobrze — powiedział — ale szczerze mówiąc, spieszę się. — Obdarzył ją promiennym uśmiechem, ukazując równe, kremowe zęby. — W przyszłym tygodniu muszę wypłynąć z przypływem, zanim pogoda naprawdę się zepsuje, a chciałbym zabrać ze sobą do domu moją nową żonę.

Ciotka Lamb kaszlnęła cicho w chusteczkę.

Na jego twarzy pojawiła się troska. — Mogę zapłacić, jeśli o to się pani martwi. Reputacja swatki Lamb rozniosła się szeroko, dlatego tu jestem. Ale nie mogę się ociągać w Londynie. Mam pracę do wykonania, zanim nadejdzie zła pogoda.

Była już zima. Amelia zastanawiała się, jak zła może być pogoda w północnej Walii.

Wezwały z powrotem kamerdynera Simmondsa i poprosiły go, by przyniósł rejestr spotkań. Wrócił kilka chwil później z niezbędnymi rzeczami.

— Czy mamy jakieś wolne terminy na jutro? — zapytała Amelia.

Markiz powiedział: — Jest pani doskonałą asystentką, pańska ciotka musi panią codziennie błogosławić.

— Och, tak — chętnie zgodziła się ciotka Lamb. — Nie wiem, co bym bez niej zrobiła.

Kamerdyner spojrzał na stronę, jego oczy przesuwały się w dół, a on potrząsał głową na boki, sprawiając wrażenie, że w tym, co musiało być napiętym harmonogramem, nie ma żadnych wolnych miejsc.

Ciotka Lamb dodała: — Jak pan rozumie, to bardzo pracowity okres w roku. Wielu z naszych klientów pragnie znaleźć parę przed Bożym Narodzeniem, ale pośpiesznie zaaranżowane małżeństwo może być czymś okropnym. Kobieta lubi być adorowana.

Markiz ponownie przeczesał włosy dłonią. Palce Amelii aż świerzbiły, by zastąpić jego dłoń.

Zabrzmiał, jakby miał zamiar przeprosić. — W każdych innych okolicznościach zgodziłbym się z panią. Ponieważ się spieszę, jestem gotów zapłacić dodatkowo za chętną kobietę.

Teraz nadeszła kolej na Amelię, by kaszlnąć z szoku i... nie była pewna, co to było za drugie uczucie. Dziwne ciepło rozwinęło się gdzieś w jej wnętrzu.

Szok wziął górę; nigdy nie miały do czynienia z tak szybkim konkurentem i to zupełnie zawróciło jej w głowie. A ponieważ był to interes ciotki Lamb, przynajmniej na pozór, Amelia niewiele mogła powiedzieć.

Simmonds wtrącił: — Mamy spotkanie z Waverleyami w przyszły czwartek. Gdyby nie dotarli, ten dżentelmen mógłby zająć ich miejsce?

Ach tak, nieśmiała panna Waverley. Nawet Amelia uważała, że nie byłoby sprawiedliwe wobec biednej dziewczyny tak szybko ją skreślać. Zwłaszcza, że miały nadmiar mężczyzn.

Ciotka Lamb oznajmiła: — Dobrych partii nie można pospieszać.

Amelia po prostu musiała coś powiedzieć, chociaż zazwyczaj nie było to jej zadaniem. — Jak pan powiedział, milordzie, reputacja ciotki Lamb dotarła aż do Walii, co wiele dla nas znaczy. Ale jedno niedobrane skojarzenie mogłoby na stałe zaszkodzić jej reputacji, a na to po prostu nie można pozwolić. Nie wspominając o skutej kajdanami parze, skazanej na nieszczęście, dopóki Pan nie powoła ich do siebie.

Mężczyzna rozpromienił się z zadowolenia. — Doskonała uwaga. I z pewnością pani o tym wie, jako że ciotka bez wątpienia znalazła już pani odpowiedniego dżentelmena.

Zszokowana jego bezczelnością Amelia musiała go poprawić. — Nie jestem związana z żadnym mężczyzną, milordzie.

— Wspaniale! W takim razie rozmowa zakończona. Wrócę po panią i jej rzeczy rano.

Amelię zatkało.

Ciotka Lamb odzyskała mowę. — Słucham?

— Panna Remington — powiedział markiz. — Będzie dla mnie idealna. Wrócę po nią jutro. Potroję zwyczajową opłatę, jeśli dorzuci pani kilku służących.

Co za niezwykłe szczęście znaleźć kobietę, która umie czytać! David promieniał, oddalając się raźnym krokiem od rezydencji Lamb i przywołując dorożkę do swojej kwatery w pobliżu doków. Panna Remington będzie doskonałą żoną. W myślach odhaczał jej zalety, podczas gdy powóz terkotał po ulicach. Jej złote włosy lśniły, świadcząc o krzepkim zdrowiu. Wyglądała na dobrze odżywioną, a jej puls bił miarowo, gdy trzymał jej dłoń. To był zdecydowanie znak dobrej kondycji. Nauczył się tej techniki przez lata, sprawdzając konie i bydło. Ale to właśnie umiejętność czytania zrobiła na nim największe wrażenie. Wspaniała umiejętność i coś, co przydałoby mu się do pomocy w zarządzaniu majątkami. Cudownie!

Chociaż żegluga wokół Brytanii bywała niewygodna, była złem koniecznym w prowadzeniu interesów na tej wyspie zwanej berłem. Wolał żeglowanie od podróży dyliżansem, ponieważ nie miał choroby morskiej, a było szybciej. Statek nie musiał zmieniać koni po drodze, a on mógł spać w swojej kabinie.

Podróże morskie dawały mu wymówkę, by nie czytać. Podczas ostatniego rejsu nie przeczytał nic i przez cały tydzień był wolny od tych okropnych bólów głowy. Chwała Panu!

Jego zdrowa euforia musiała tłumaczyć, dlaczego tak szybko oświadczył się pannie Remington. Był praktycznie znowu rozradowanym młodzieńcem, teraz gdy jego bóle głowy zniknęły.

Gdy dotarł do gospody, zapłacił woźnicy Johnowi i wszedł do środka na kufel piwa. W szynku panował tłok, a mężczyźni wyglądali podejrzanie na żeglarzy. O rety, wyglądali podejrzanie jak załoga „Lady Rebecca", która miała wypłynąć za kilka dni.

— Aaa, Cennar-fon-szrrr — wrzasnął jakiś mężczyzna.

Tak, to zdecydowanie ta sama załoga.

David powitał go ostrożnym uśmiechem.

Członek załogi skinął głową i powiedział: — W łodzi pojawił się przeciek. Zejdzie nam jeszcze kilka tygodni. Możemy rozpakować pańskie skrzynie, jeśli chce pan zamiast tego wracać do domu drogą lądową.

Do licha! To oznaczało, że będzie musiał przeglądać rozkłady i czytać tabele z godzinami odjazdów i celami podróży. Na samą myśl o tym poczuł nadciągający ból głowy.

— Piwo proszę, gospodarzu! — zawołał do mężczyzny za barem.

Pomyśli o tym jutro. Choć czytanie sprawiało mu kłopot, czytanie w świetle dziennym było znacznie lepszą opcją niż czytanie przy migoczącej świecy.

ROZDZIAŁ 2

Postawiona pod ścianą Amelia nagięła zasady, aby umożliwić pannie Waverley udział w następnym zgromadzeniu. Pani Waverley obiecała uiścić opłatę, gdy tylko jej mąż wróci z kontynentu.

Była to oczywiście ryzykowna propozycja. Gdyby panna Waverley pozostała niezamężna, jej mama najprawdopodobniej w ogóle by nie zapłaciła. Gdyby jednak panna Waverley znalazła dobrą partię, uzyskałaby dostęp do funduszy przyszłego męża.

Męża, którego poznałaby za pośrednictwem przedsiębiorstwa Lamb, a który już zapłacił za własne bony, aby móc znaleźć sobie żonę. Dlaczego więc miałby chcieć płacić dwa razy?

Amelię dręczyło też inne podejrzenie – że rodzina panny Waverley nie ma żadnych funduszy, a zatem jakakolwiek partia, którą zaaranżowałyby między panną Waverley a odpowiednim dżentelmenem lub pomniejszym lordem, mogłaby zrujnować Przedsięwzięcie Bonów Uwerturowych Lamb.

Niestety, liczba gości była ustalona i pomimo usilnych starań w minionym tygodniu, Amelia i ciotka Lamb nie zdołały pozyskać wystarczającej liczby pań, by zrównoważyć liczbę uczestników. Dlatego też tego chłodnego wieczoru, gdy lampy świecowe rzucały ciepły blask na ściany, sama Amelia była obecna. Jej obecność pomagała zrównoważyć liczbę pań na sali, ale oznaczała również, że mogła skierować młodą pannę Waverley w chętne i (o ile wiedziała, niewybredne) ramiona ardalitha Caernarfonshire.

Jego niedawna wizyta dowiodła, że jest człowiekiem, który nie przejmuje się wyborem żony; liczyło się tylko to, że potrzebuje jej szybko.

Panna Waverley przybyła pod ramię ze swoją mamą. Jej kremowa suknia była ślicznie ozdobiona jaskrawopomarańczowymi wstążkami i czerwonym haftem wokół rękawów. Nie było to połączenie, które wybrałaby Amelia, ale przyciągało wzrok.

„Tak się cieszę, że mogłaś przyjść" – powiedziała Amelia, ciepło obejmując pannę Waverley. Kluczem było zdobycie zaufania panny Waverley i poprowadzenie jej w stronę przyszłego męża.

„Dziękuję" – odpowiedziała panna Waverley głosem piskliwym jak skrzypiące drzwi.

Nic dziwnego, że podczas poprzedniej rozmowy kobieta milczała. Nieważne, Amelia była zdeterminowana, by dokonać prezentacji w najlepszy znany sobie sposób. Podczas gdy ciotka Lamb opiekowała się przyzwoitkami i matronami, Amelia czyniła swoją magię, zapewniając zalotnikom odpowiednie warunki do spotkań.

„A, tu pani jest!" – oznajmił ciepły głos z walijską nutą.

Nie mogłaby tego lepiej zaaranżować, nawet gdyby brali udział w tańcu progresywnym i wiedzieli, gdzie kto ma się znajdować.

Panna Waverley dygnęła z szacunkiem, a on, zgodnie z oczekiwaniami, odwzajemnił się ukłonem. Amelia dokonała prezentacji, a panna Waverley bez słowa włożyła dłoń w jego dłoń, pozwalając mu ucałować jej rękawiczkę.

Tak, to powinno się doskonale sprawdzić. Ten niewybredny mężczyzna weźmie tę młodą kobietę pod swoje skrzydła i w ciągu kilku dni pojawią się wzmianki o specjalnych pozwoleniach na ślub.

Ze swojej strony panna Waverley wydawała się być raczej oczarowana walijskim markizem. Doskonale!

Amelia skorzystała z okazji, by się oddalić. „W następnym secie będzie walc. Proszę mi wybaczyć, muszę dopilnować, czy poczęstunek jest gotowy".

Jej plan nie mógł układać się prościej. Dlaczego więc, odchodząc, Amelia poczuła ukłucie gdzieś za żebrami? Biorąc pod uwagę sytuację i pozycję panny Waverley, piskliwa debiutantka spisała się doskonale, wpadając w oko markizowi.

Noc była jeszcze młoda. Ta dwójka będzie miała mnóstwo czasu, by lepiej się poznać i zdecydować, czy naprawdę do siebie pasują. Na tym właśnie polegało całe przedsięwzięcie.

„Właśnie sobie przypomniałam" – powiedziała

Amelia, ponownie podchodząc do pary, która właśnie miała ruszyć w stronę parkietu.

Oboje odwrócili się w jej stronę. Na jego twarzy malowało się lekkie zmieszanie. Panna Waverley wyglądała na bardziej zaniepokojoną, jakby miała zostać skarcona.

Amelia musiała coś wymyślić. Dlaczego im przerwała? To chyba niemożliwe, żeby poczuła ukłucie żalu, że złączyła tych dwoje, prawda?

Przecież ciągle łączyła ludzi. To był jej interes.

„Chyba nie dałam pannie Waverley karnetu do tańca" – zmyśliła Amelia.

„Ach tak!" – pisnęła panna Waverley. „Dziękuję!".

Markiz spojrzał na dziewczynę i rzekł: „Ten głos poniósłby się przez wszystkie doliny".

Panna Waverley zachichotała. „Dziękuję. Pański akcent też mi się podoba".

„Jaki akcent?" – odparł.

Panna Waverley znów zachichotała.

„Zaraz wracam" – powiedziała Amelia – „z karnetem do tańca. Może państwo pójdą przodem, a ja was później znajdę?".

„Dobrze zatem" – odrzekł ardalith i odprowadził pannę Waverley.

Amelia próbowała się uspokoić, szukając zapasowego karnetu do tańca. Klienci, którzy kupili bony, otrzymywali je przy odbiorze. Ale ponieważ panna Waverley jeszcze nie zapłaciła, nie dostała swojego.

Gdy wracała z karnetem i małym ołówkiem w dłoni, przechwycił ją ardalith.

„W jaką głupią grę pani ze mną pogrywa? Rzuca mi

pani na drogę tego wróbelka, żeby odwrócić moją uwagę od złotej gęsi, jaką jest pani sama?".

„Słucham?" Czy on nazwał ją... gęsią?

„Wie pani, o co mi chodzi". – Poprawił się. – „Nie gustuję w balach i fanaberiach. Może i mi się spieszy, ale nie pozwolę się traktować jak głupiec. Oboje wiemy, że to pani jest dla mnie stworzona, i nie zniosę sprzeciwu".

Cudem było, że brwi Amelii nie zniknęły pod linią włosów, tak była zszokowana. Wzięła uspokajający oddech i przeszła do ataku. Grzecznie, oczywiście. Żadnych podniesionych głosów. Równie dobrze mogłaby odesłać wszystkich do domu, gdyby do tego doszło. „Przybył pan tu, by przedstawiono mu przyszłą żonę, a ja wypełniam to co do joty".

„A ja już zdecydowałem się na panią" – odparł z tym odurzającym zaśpiewem.

Niech go licho!

Wcisnęła mu w dłonie karnet i ołówek. „Proszę wpisać swoje nazwisko przy walcu i wręczyć to pannie Waverley, gdy wróci pan na parkiet. Zdaje się, że słyszę już, jak muzycy się przygotowują".

„Zatańczę z nią, ale się z nią nie ożenię" – powiedział, przyjmując przedmioty. „Co muszę zrobić, aby udowodnić pani, że byłaby pani dla mnie idealną ardlithesą?".

Plotki rozniosłyby się po towarzystwie szybciej niż zimny północny wiatr. Amelia modliła się, by nikt nie usłyszał jego deklaracji. Jej serce biło coraz szybciej. Młoda kobieta mogłaby z łatwością stracić głowę dla tego zdeterminowanego, przystojnego, opanowanego mężczyzny.

„Jestem kobietą interesu; nie zacieram granic między interesami a przyjemnością".

„Ale to interes pani ciotki, prawda?"

A niech to. Właśnie!

Jak bliska była wyjawienia wszystkiego tak krótko po poznaniu tego wprawiającego w zakłopotanie, kuszącego okazu. „C-cóż. Tak, to interes ciotki Lamb, a jako jej asystentka jestem tu, by pomagać, jak tylko mogę. Gdybym wyszła za mąż, zostawiłabym ją w kropce".

Ot, co. To powinno wystarczyć za wyjaśnienie.

Według tego, co wiedziało towarzystwo, był to interes ciotki Lamb. Nie miało znaczenia, że to był pomysł Amelii i że to ona wykonywała większość pracy. Oraz dobieranie w pary, co było chyba najważniejszą częścią. Faktem było, że żadna matka z towarzystwa nie powierzyłaby przyszłego szczęścia i koneksji swojej córki niezamężnej młodej kobiecie. Ale wdowie o dobrej reputacji? Jak najbardziej.

Jednak gdyby Amelia wyszła za mąż, nie byłoby sposobu, by ukryć jej pochłaniającą cały czas pracę przed mężem. Chciałby, żeby z tego zrezygnowała lub wszystko mu przekazała.

Nie ma mowy.

Musiała po prostu pozostać panną i pozwolić ciotce Lamb zbierać wszystkie pochwały. Przedsięwzięcie Bonów Uwerturowych Lamb szło zbyt dobrze, by Amelia mogła rozważać jego zakończenie i zamążpójście. Nieważne, jak kuszący mógłby być ten mężczyzna.

ROZDZIAŁ 3

Amelia szczególnie uwielbiała popołudnia po wieczornych spotkaniach matrymonialnych.

Ciotka Lamb bywała zasypywana radosnymi bilecikami od debiutantek i pełnymi nadziei wizytówkami od dżentelmenów. Wtedy właśnie zaczynała się prawdziwa praca. Bileciki mogły być adresowane do pani Lamb, ale to panna Remington miała za zadanie przeczytać każdy z nich, a także wizytówki, i ocenić szanse na dobrą partię z innym uczestnikiem, wobec którego poczyniono awanse.

To była wyjątkowa propozycja, która wyróżniała ich przedsięwzięcie. Każdy, kto otrzymał kupon, wysyłał również liścik do pani Lamb, oczywiście poufnie. Młode damy (najprawdopodobniej pod czujnym okiem swoich mam) wskazywały, od których dżentelmenów zgodzą się przyjąć wizytę. Dżentelmeni zaś nadsyłali swoje wizytówki z nazwiskami młodych dam, które z przyjemnością by odwiedzili. Był to doskonały sposób na śledzenie udanych skojarzeń, a także na zapewnienie tym młodym ludziom możliwości zachowania twarzy, gdyby nikt nie chciał złożyć wizyty lub jej przyjąć. Albo gdyby otrzymali ich zbyt wiele, co czasami się zdarzało.

Amelia nie znała żadnego innego przedsiębiorstwa oferującego podobny system, chociaż była pewna, że wieść o skutecznych metodach pani Lamb wkrótce się rozejdzie.

To również Amelia czytała wszystkie zgłoszenia i dalszą korespondencję. To ona wiedziała, jak dobrać odpowiednią parę. Ta ciężka praca z jej strony stanowiła doskonały manewr dla salonowych mam, które próbowały wpłynąć na opinię ciotki Lamb za pomocą podarunków i kolejnych zaproszeń. Podczas gdy ciotka Lamb z radością przyjmowała swoje łupy, mogła szczerze stwierdzić, że te przysługi ani na jotę nie wpływały na jej zdanie. Była to szczera prawda, jako że to Amelia przeprowadzała analizę potencjalnych partii. Mogła to robić bez przeszkód, ponieważ większość ludzi nie zwracała na nią uwagi.

Większość, ale nie wszyscy.

Simmonds pojawił się w drzwiach gabinetu. „Markiz Carnations czeka w saloniku, panienko".

Amelia starała się nie zachichotać. Tytuł markiza był nie lada łamańcem językowym. Z trudem próbowała sobie przypomnieć, jak prawidłowo się do niego zwracać. „Nie jestem umówiona z ardalithem. Proszę mu powiedzieć, że jestem zajęta".

Na korytarzu rozległy się kroki i sam markiz minął lokaja, wchodząc do sanktuarium Amelii. „Widzę!".

Wyciągnął w jej stronę różowy goździk – musiał pochodzić z cieplarni.

Amelia wstała i podeszła do niego, aby przyjąć kwiat,

ale również po to, by upewnić się, że jego uwaga skupi się na jej twarzy, a nie na zawalonym listami biurku, przy którym kobieta nie powinna pracować. Gdyby zobaczył listy adresowane do jej ciotki lub liczne wizytówki od dżentelmenów, zdemaskowałoby to jej rolę w przedsięwzięciu.

„Doceniam ten gest, który być może jest *de rigueur* w Walii, ale pojawianie się bez zapowiedzi w prywatnym domu nie jest sposobem, w jaki zachowujemy się w cywilizowanym kraju, milordzie. Proszę umówić się na spotk…”

„Bzdura” – uciął, przerywając Amelii. „To jest miejsce prowadzenia interesów, czyż nie? To prywatny dom, kiedy pani tak pasuje, ale prowadzi tu pani wszystkie swoje interesy. Niebezpiecznie zbliża się pani do handlu, jeśli mogę pozwolić sobie na taką impertynencję”. To wprawiło Amelię w osłupienie. Kontynuował: „Próbuje pani zbić mnie z tropu swoimi niemożliwymi angielskimi zasadami, ale ja się na to nie nabiorę. Nie pozwolę też, by rzucano mi pod nogi paplające debiutantki. Potrzebuję kogoś, kto potrafi zarządzać posiadłością, a nie jakiejś ślicznotki, która nie może kichnąć bez pozwolenia mamusi”.

Amelia czuła, że zaraz wybuchnie, ale najpierw musiała go wyprosić ze swojego gabinetu i oddalić od tych obciążających listów, które zdradziłyby wszystko.

„Proszę poczekać na mnie w salonie przyjęć, zaraz tam będę”.

„Ach, rozumiem! Zejdzie pani za chwilę, tak? A ile to potrwa?”.

Musiało tu dochodzić do jakiegoś nieporozumienia

w tłumaczeniu. „Zajmie mi to dokładnie pięć minut. Czy to spełnia pańskie wymagania?".

Zgładził ją anielskim uśmiechem.

„W takim razie zostanę tu, aż będzie pani gotowa".

Amelia zacisnęła dłonie w bezsilne pięści, ale nie na tyle mocno, by zmiażdżyć łodygę goździka, gdyż kwiat był raczej ładny.

„Nie, nie zostanie pan. Uda się pan do salonu przyjęć, podczas gdy ja…".

Och, doprawdy. Prawie powiedziała, co zamierzała zrobić. Zebrać dokumenty. Ale dlaczego miałaby zajmować się jakąkolwiek dokumentacją? Dlaczego w ogóle znajdowała się w gabinecie? To była domena mężczyzn i im szybciej usunie go z tego pokoju, tym lepiej.

Markiz posłał jej kolejny druzgocący uśmiech.

Amelia szybko powiedziała: „Zmieniłam zdanie, oboje przejdziemy do salonu przyjęć". Rzekłszy to, wymaszerowała z pokoju. Gdy dotarła na korytarz, odwróciła się, by upewnić się, że podążał tuż za nią.

Co?

Nie było go za nią! Lokaja również.

Lokaj mówił coś w stylu: „Nie musi się pan tym przejmować".

Amelia wbiegła z powrotem do środka i zastała markiza przeglądającego listy i wizytówki na jej biurku.

Do diaska. Zrujnuje wszystko!

„O co tu chodzi?" – spytał, machając ręką nad licznymi listami na biurku i przewracając je. „To nie jest coś, w co powinna angażować się młoda kobieta. Gdzie jest pańska ciotka? Wdowa powinna się tym zajmować, przynajmniej wie, czego oczekuje się od małżeństwa".

Trzymając goździk niczym sztylet, Amelia uznała, że jedynym wyjściem jest pójście w zaparte. Przygotowała się na potok kłamstw. Serce waliło jej jak młotem, a dłonie stały się wilgotne. To było konieczne oszustwo, ponieważ stawką było ich przedsięwzięcie.

„Ciotka Lamb jest niedysponowana. Ja tylko pomagam usprawnić działanie, podczas gdy ona… jest… niedysponowana".

Markiz zmrużył oczy. „Cóż za szybkie wykręty. Jest pani chytra".

„Wykręty?" – powtórzyła Amelia, by jej mózg zdążył nadążyć za kłębiącymi się emocjami. „Co pan robi w prywatnym gabinecie, przeglądając prywatną korespondencję nieadresowaną do pana? Jeśli w ten wyniosły i butny sposób załatwia pan swoje sprawy w Walii, to może najlepiej będzie, jeśli natychmiast wróci pan na swoje ziemie".

Czy to go poruszyło? Czy zawstydził się choć trochę, że wtargnął na cudzy teren i wtrąca się w nie swoje sprawy?

Ani trochę.

Roześmiał się.

Ten łajdak się roześmiał!

Głębokim, gardłowym i irytująco pociągającym śmiechem, który przeszył jej ciało dreszczem.

Lejąc sok z cytryny na jej emocjonalne rany, zaczął otwierać szuflady i myszkować w nich. „Kiedy po raz pierwszy panią ujrzałem" – powiedział, mierząc Amelię wzrokiem od stóp do głów, jakby była nagrodą, po którą przybył – „siedziała pani na podłodze, po kolana w papierach. Dziś znów zastaję panią przy papierkowej robocie. Pańska ciotka natomiast nigdy nie pojawiła się z papierem czy piórem w dłoniach".

„Co to ma wspólnego z czymkol…"

„– Pańska urocza ciotka Lamb nie wykonuje tu żadnej pracy, prawda?".

Zaschnięta w ustach, Amelia chwytała się mentalnych resztek. „To jej nazwisko widnieje na szyldzie przedsiębiorstwa!".

„Uniknęła pani mojego pytania". Skrzyżował ramiona na potężnej piersi. „Ale czyniąc to, odpowiedziała pani doskonale. To pani wykonuje całą harówkę, a jej przypada cała chwała".

Coś ciepłego i niebezpiecznego rozwinęło się w Amelii, mimo że była wściekła. A także coś jeszcze. Była w tym pokoju z wieloma przystojnymi mężczyznami. Wszyscy ją ignorowali, biorąc za pracownicę lub asystentkę ciotki Lamb. Jeśli w ogóle o niej myśleli.

Markiz Carnations wreszcie ją zauważył.

Co więcej, zauważył, czym się zajmowała.

A niech to!

Strach uczynił ją zdesperowaną. „Musi pan obiecać, że nikomu pan nie powie. Zwrócę panu pieniądze za kupony i będzie pan mógł wrócić do Walii, kiedy pan zechce".

Nie rozplótł ramion i oparł się o biurko, siadając udami i pośladkami na blacie. „Mały problem z tym. Łódź przecieka i nie popłynie. Wygląda na to, że mam więcej wolnego czasu, niż wcześniej zakładałem, panno Remington".

„Cóż, panie… Milordzie, to nie mój problem".

„Rosstrevor" – powiedział.

„Słucham?".

„Nazywam się David Rosstrevor. Myśli pani, że jeśli wyjdzie pani za mąż, będzie musiała z tego wszystkiego zrezygnować. Jeśli poślubi pani mnie, pozwolę pani dalej handlować. To znakomite przedsięwzięcie; dlaczego miałaby pani chcieć przestać?".

Choć Amelii pochlebiało, że David Rosstrevor uważał jej interes za znakomity, nie miała zamiaru ryzykować jego utraty. Zwłaszcza tak szybko po tym, jak odniósł sukces i miał potencjał na jeszcze większą chwałę.

„Dziękuję panu ponownie za ofertę, ale absolutnie muszę odmówić. Proszę opuścić posiadłość; ta audiencja dobiegła końca".

Wyszła i udała się do kuchni, gdzie zaskoczyła pokojówkę. „Czy możesz dopilnować, by Simmonds upewnił się, że markiz wyszedł, a potem zamknął drzwi? Nie życzę sobie więcej gości przez resztę dnia".

Pokojówka dygnęła. „Tak jest, proszę pani".

ROZDZIAŁ 4

Później tego popołudnia, gdy sytuacja była już zdecydowanie spokojna i nic nie zapowiadało kolejnych przerw, Amelia ponownie usiadła przy biurku.

David Rosstrevor, markiz Caernarfonshire, mógł opuścić pokój wiele godzin temu, lecz jego obecność wciąż dominowała w pomieszczeniu.

Zbrojąc się w cierpliwość na kilka godzin pracy, które, miała gorącą nadzieję, pozostaną niezakłócone, zabrała się do dopasowywania dam do dżentelmenów, a następnie do pisania do owych dżentelmenów, że rzeczone damy byłyby skłonne przyjąć ich wizytę. Było to jej stałe zajęcie w dzień po spotkaniu, a ten tryb pracy uspokajał ją i dodawał otuchy.

Ależ ach!

Biedna panna Waverley.

Ani jeden dżentelmen nie zapisał jej nazwiska na odwrocie swojej wizytówki. Czyżby zrobiła tak słabe wrażenie, że żaden mężczyzna nie dostrzegł w niej potencjału?

Współczucie ścisnęło Amelię za gardło. Biedna młoda kobieta raczej nie będzie miała udanego sezonu, jeśli to pierwsze wyjście miało być jakimkolwiek wyznacznikiem. Co ważniejsze, Amelia prawdopodobnie nie zobaczy od pani Waverley ani grosza, jeśli nikt nie zainteresuje się jej córką.

Właśnie dlatego agencja Lamb zawsze pobierała pieniądze z góry. Egzekwowanie zapłaty po udanym skojarzeniu było już wystarczająco trudne. A wyciskanie pieniędzy z pustej sakiewki, gdy do skojarzenia w ogóle nie doszło? Beznadziejne!

Chyba że…

Amelii przemknęła przez głowę przebiegła myśl. A gdyby tak zaaranżowała, aby ten Arda-jakoś-mu-tam-markiz Caernarfonshire złożył pannie Waverley wizytę? To mogłoby przynieść korzyść także Amelii, ponieważ pozbyłaby się wścibskiego markiza ze swoich spraw. Im dłużej zostawał w Londynie, tym większa była szansa, że zdradzi jej sekret. Nie miało znaczenia, czy zrobi to celowo, czy przez przypadek. Każdy dzień jego pobytu tutaj zwiększał ryzyko, że zostanie zdemaskowana jako osoba, która naprawdę kieruje całym biurem matrymonialnym.

Tak szybko przejrzał ich maskaradę, w mig odkrył, że ciotka Lamb jest jedynie publiczną twarzą interesu. Czy mogła mu zaufać, że dochowa ich tajemnicy?

Nie ma mowy!

Gdyby ludzie dowiedzieli się, że za sterami stoi niezamężna, niedoświadczona panienka, wszystko runęłoby w jednej chwili. Wielkie nieba, ludzie mogliby też zażądać zwrotu abonamentów, a to oznaczałoby całkowitą katastrofę.

Umówi pannę Waverley i markiza na wizytę w agencji Lamb tego samego popołudnia. W ten sposób będzie miała ich oboje w jednym pokoju i będzie mogła zadbać o ich wspólne potrzeby. Wkrótce pozbędzie się ich obojga ze swoich rąk, ksiąg i sumienia, ponieważ będą gdzieś w Walii i nie będą zdradzać sekretów agencji Lamb.

Uśmiechając się do siebie na myśl o tym, jak sprytny jest jej plan, zaczęła pisać zaproszenie dla markiza. Wszystko ułoży się wspaniale.

Godzinę później wręczyła korespondencję lokajowi. Wracając do swojego gabinetu, zobaczyła cień o kształtach markiza, który padał na okna przy drzwiach frontowych.

A niech to!

Pojawił się kamerdyner i rzekł cicho: „Czy mam mu powiedzieć, że nie ma panienki w domu?".

Kusiło ją, aby uciec się do podstępu, ale zapewne zobaczyłby lokaja wychodzącego z korespondencją, a to uczyniłoby z jej niechęci do konfrontacji farsę.

Biorąc głęboki oddech, potrząsnęła głową.

W końcu napisała już listy. On mógł wejść, kiedy jej korespondencja będzie wychodzić, ponieważ korespondencja z pewnością musiała zostać wysłana. Spóźniła się dziś z listami przez tego ar-da-liffa.

„Równie dobrze może go pan wpuścić, i tak wróci później. Lepiej załatwić to teraz".

„Czy mam go zaprowadzić do poczekalni?".

Amelia niemal skinęła głową, ale zmieniła zdanie. „Nie. Proszę go przysłać do mojego gabinetu, będę tam na niego czekać".

Na jej biurku nie było już żadnych nieprzeczytanych listów, nic, co mogłoby zdradzić czyjeś sekrety. Mimo to dobrze było mieć w pobliżu służącego. „Proszę czekać za drzwiami gabinetu na wypadek, gdybym potrzebowała pomocy".

„Oczywiście, panno Remington".

Przykładając nerwowo dłonie do spódnic, Amelia wślizgnęła się z powrotem do gabinetu i usiadła za biurkiem, dokonując w ostatniej chwili w myślach przeglądu wszystkiego, co mogłoby wydać się obciążające.

Kamerdyner zapukał do drzwi i otworzył je.

„Ardalith Caernarfonshire do panienki, panno Remington".

Amelia wstała z miejsca, gdy mężczyzna wszedł do środka. Na jego widok ponownie wstrzymała oddech. Jak śmiał wyglądać tak wspaniale w swoim wytwornym wełnianym płaszczu, który podkreślał szerokość jego ramion.

Gdy zdjął kapelusz, zauważyła, że jego włosy znacznie zyskały na wyglądzie po niedawnym strzyżeniu. Młoda panna Waverley będzie prawdziwą szczęściarą, o ile wykorzysta tę okazję.

Jego uroda niemalże zniweczyła jej żelazne postanowienie o pozostaniu w stanie wolnym. Amelia przełknęła ślinę i przypomniała sobie, że David Rosstrevor był napuszony i autokratyczny. Mieszkał też tak okropnie daleko. Gdyby się pobrali, już nigdy nie zobaczyłaby swoich przyjaciół ani ciotki Lamb.

Coś zaświtało jej w głowie, że jej interes nie tylko by ucierpiał, ale najprawdopodobniej całkowicie upadł, gdyby ona i markiz nawiązali jakąkolwiek więź. Nie znaczyło to jednak, że nie mogła docenić tego mężczyzny za to, kim był – zaiste, wspaniałym okazem. Mężczyzną, którego mogłaby z czystym sumieniem polecić niezamężnej młodej kobiecie potrzebującej zamożnego męża.

„Ach, dobrze, że pani jest", powiedział na powitanie.

„Dzień dobry, milordzie", odparła z dygnięciem, które mu się należało, nawet jeśli on sam na taki wyraz szacunku nie zasługiwał. „Moja ciotka jest w tej chwili niedostępna, ale mogę jej przekazać wszelkie pana uwagi".

„No, no, ze mną nie potrzeba tych ceregieli. Przyszedłem oczywiście do pani", odrzekł.

Amelia poczuła, że uśmiecha się na zabawną myśl. „Jeśli przychodzi pan w interesach, byłabym niedbała, gdybym nie przypomniała panu angielskiego zwyczaju, zgodnie z którym w trakcie sezonu dżentelmeni załatwiają interesy rano, a po południu składają wizyty damom".

Poprawianie jego manier czy znajomości lokalnej etykiety zdawało się nie mieć większego sensu, biorąc pod uwagę, jak szybko miał wyjechać. A skoro o tym mowa: „Zrobił pan spore wrażenie na pannie Waverley. Byłaby bardzo skłonna przyjąć od pana wizytówkę, a może wizytę jutro po południu?".

Trzymał kapelusz w dłoniach i przestępował z nogi na

nogę. „Czy możemy już skończyć z tą grą pozorów? Narobiłem bałaganu, bo się spieszyłem. Od tamtej pory miałem czas do namysłu".

Brzmiało to tak, jakby chciał przeprosić. Amelia milczała, pozwalając, by cisza się pogłębiła, aby mógł się w pełni wytłumaczyć.

„Statek jest uszkodzony i nie będzie gotowy przez wiele tygodni. Muszę znaleźć alternatywny środek transportu na drogę powrotną. W tej kwestii wymagam pani pomocy".

Ciepło rozlało się w Amelii na myśl o tym, że zostanie on w Londynie na dłużej. O rany, skąd to się wzięło? Coś jej nie pasowało. Mówił jej już coś o przeciekającej łodzi i dodatkowym czasie wolnym. Czy oprócz kiepskich manier miał też kłopoty z pamięcią?

„Czy to znaczy, że życzy pan sobie więcej kuponów na kolejne kolacje? Przed Bożym Narodzeniem nie będzie ich już wiele, ale wznowimy je w nowym roku i będą trwały przez cały sezon".

Usiadła na swoim miejscu, po czym otworzyła szufladę, z której wyjęła kartkę, by zrobić notatkę. Cóż za doskonała okazja, by stworzyć więcej interesów. Następnie pociągnęła za sznur dzwonka i pojawił się kamerdyner.

„Księgę i kupony dla markiza", powiedziała.

Markiz wciąż stał. „Czy pańska ciotka naprawdę nie zajmuje się żadnymi sprawami służbowymi?".

Amelia urwała, skupiając wzrok w oddali, nie ośmielając się na niego spojrzeć.

„Wiedziała pani dokładnie, co robić, sama od razu

przystąpiła pani do rzeczy. Robiła to pani już zbyt wiele razy", powiedział.

Zirytowana Amelia zamknęła szufladę. Zachowała urzędowy, oschły ton. To był najlepszy sposób na trzymanie go na dystans. „Dlaczego pan tu jest, milordzie?".

„Jestem tu, by złożyć pani wizytę. Zalecam się do pani".

Na jego wyznanie poczuła gorąco w podbrzuszu. Przez ulotną chwilę rozkoszowała się tą bezceremonialną deklaracją, że jest tu nie tylko po to, by ją zobaczyć, lecz że jest tu dla niej.

Nie żeby to miało kiedykolwiek nastąpić.

„Jest mi oczywiście miło. Ale jeśli sprawiłam wrażenie, że jestem skłonna przyjąć zaloty, muszę szczerze przeprosić. Proszę zrozumieć, że nie jest to żadna uraza wobec pana osoby. Każda inna kobieta byłaby zachwycona takim zainteresowaniem. Na przykład panna Waverley, która doceniłaby pana… ach… względy".

Kiedy mówiła, zbliżył się do biurka i przysunął krzesło, by usiąść naprzeciwko niej. „Oczywiście, że jest pani miło. Jestem kawalerem do wzięcia i utytułowanym lordem z hojnym uposażeniem. Jeśli tak bardzo potrzebuje pani swojej ciotki, proszę zabrać ją ze sobą".

Przez ulotny moment sprawił, że wszystko wydało się takie proste.

Ale tylko przez moment. „Moja ciotka ma do prowadzenia dobrze prosperujące przedsiębiorstwo. Jestem jej potrzebna do pomocy. Muszę zostać".

Pochylił się i oparł oba przedramiona na blacie. „Proszę przestać udawać, że nie zdemaskowałem już tej głupiej maskarady. Zresztą, jeśli to ma dla pani takie znaczenie, proszę zabrać ciotkę Lamb jako przykrywkę i rozkręcić interes w Walii".

Był zbyt blisko, jego intensywność, sama jego siła woli.

Lokaj wszedł z rejestrem i kuponami w kształcie kart.

– Proszę położyć je na biurku i poprosić pokojówkę o herbatę – powiedziała Amelia zdławionym głosem.

Gdy tylko lokaj opuścił pokój, rzekła: – To nie takie proste. – Oparła się, by zachować dystans od tego upartego mężczyzny.

– Nie powiem nikomu, że to pani jest mózgiem całej operacji, jeśli o to się pani martwi.

Jak na człowieka lądowego, Amelia doskonale udawała słodkowodną rybę, otwierając i zamykając usta bez żadnego skutku.

– Pani sekret jest ze mną bezpieczny – stwierdził, przykładając palec do boku nosa. – Chociaż to tylko sprawia, że pragnę pani jeszcze bardziej. Elegancka młoda dama, lecz nie tak młoda, by drażnić zmysły. Mądra i bystra. Byłaby pani doskonałą i zdolną żoną, która nadzorowałaby me rozległe posiadłości.

Czy musiał mówić „rozległe" posiadłości, jakby to była jakaś nagroda? Co oczywiście nią było. Po trzykroć niech go diabli. Amelia westchnęła. – Czy mogę liczyć na pańską… dyskrecję… w tych sprawach?

– W czym mam być dyskretny? Jest pani wspaniałą kobietą z bystrym umysłem i talentem. Jeśli ogłoszę wszem i wobec, że staram się o pani względy, z pewnością wyjdzie to pani na dobre.

Amelia potrząsnęła głową. Wyprzedzał ją o tyle kroków, że aż ją to bolało. – Doprawdy?

– Tak, to odstraszy innych dżentelmenów, którzy będą wiedzieć, że jesteśmy po słowie.

– Ale nie jesteśmy.

– Oni o tym nie wiedzą.

– Proszę, milordzie…

– Proszę mi mówić David.

– To niemożliwe. Lordzie Caernarfonshire, proszę nie ciągnąć tego tematu. Tak, przyznaję, że koordynuję przedsięwzięcie matrymonialne, ale sama nie startuję i nie wystawię swojej kandydatury. To jest dla innych.

Skrzyżował ramiona i oparł się, mierząc ją wzrokiem. – A dlaczego nie dla pani?

Był naprawdę zawzięty. – Jakże mogłabym prowadzić to przedsięwzięcie za plecami przyszłego męża?

– Ale nie musiałaby pani tego robić, ponieważ, jak już powiedziałem, wiem o wszystkim, co pani robi. A gdyby to nie byłem ja – mówiąc czysto hipotetycznie – gdyby to był ktoś inny, dlaczegóż nie miałby się przyłączyć i rozszerzyć interesu? Nie tylko ludzie w Londynie pani potrzebują. Mogę wymienić wiele większych miast, gdzie pojawiłyby się takie możliwości. Dlaczego nie zająć się tymi, którzy nie mogą lub nie chcą przyjeżdżać do Londynu?

Znowu był uparty i szarpał jej każdy nerw. Przynajmniej te, które jej nie zdradzały, posyłając iskierki życia przez jej ciało. – Mężatka, pracująca?

– Kiedy jest w tym tak dobra jak pani? Oczywiście!

– Nie wiem, jak się to robi w Walii, milordzie, ale tutaj sprawy mają się inaczej.

– Proszę mi mówić David. W całej Brytanii mnóstwo kobiet pracuje u boku mężów. Na początek przynosi to większy dochód.

– To dlatego, że muszą, milordzie. W naszych kręgach zasady są inne. Wyobraża pan sobie, jak znieważony byłby mój mąż, jaki straszliwy skandal by wybuchł, gdybym po zaręczynach nadal prowadziła interesy?

Wzruszył ramieniem i odparł: – Mnie by to nie uraziło. – Potem przeszył ją wzrokiem i oświadczył: – Pozwoliłbym mojej żonie prowadzić każdy interes, jakiego tylko podjęłaby się jej bystra głowa, o ile nazywałaby mnie po imieniu.

– W takim razie pańska przyszła żona jest wielką szczęściarą. A skoro o niej mowa, zdaje mi się, że panna Waverley oczekuje pańskiej wizyty. Byłoby wielką nieuprzejmością zignorować takie zaproszenie.

– Och, nie, tylko nie ona. Zdecydowanie się nie nadaje.

Amelia zaczęła odliczać na palcach: – Jest miła, zdrowa, młoda.

Markiz naśladował Amelię, odliczając na własnych, smukłych palcach: – Nerwowo wykręca palce i jest głupkowatą gąską.

Amelia wykrztusiła: – Głupkowatą gąską?

Roześmiał się i rozluźnił. – Cały czas tylko wykręca palce i boi się odezwać. Nigdy się nie dogadamy. Nie tak, jak my. Ta rozmowa jest ożywcza. Podoba mi się, w jaki sposób rzuca mi pani wyzwanie.

Amelia wypuściła powietrze. – Może powinnam zacząć wykręcać palce?

– Przyjemniej też na panią patrzeć.

Och, jakże miłe były jego słowa, lecz musiała trzymać je na dystans, by nie ulec ich słodyczy. Donikąd nie zmierzali! – W Londynie jest o wiele więcej piękności – oświadczyła Amelia.

– Prawda – przytaknął, znów się pochylając, niczym kot czający się, by pacnąć bardzo zmęczoną mysz. – Założę się jednak, że żadna z nich nie jest tak bystra jak pani.

Gdyby tylko przestał prawić jej komplementy i sprawiać, że czuła się tak doceniona. – Proszę przestać. Dlaczego nie może pan zaakceptować, że nie wyjdę za mąż?

Rozłożył ramiona i ręce. – Ponieważ to nie ma sensu. Żadnego. Mówi pani, że musiałaby porzucić interes, gdyby poślubiła kogoś stąd, lecz ja już oświadczyłem, że z radością poprę każde przedsięwzięcie, jakiego by się pani podjęła. Mogłaby pani rozszerzyć działalność na Walię i swatać tam pary równie dobrze jak tutaj.

Za każdym razem, gdy wymawiał słowa takie jak „here" czy „year", brzmiały one bardziej jak „hyor" i „yor". Odwracająca uwagę melodyjna kadencja jego głosu zniszczyłaby jej determinację, gdyby nie była ostrożna.

Kontynuował: – Czy chodzi o to, że chce pani być lepiej adorowana? To o to chodzi?

Jak miała mu to wyjaśnić?

Nie wyglądał, jakby chciał czekać. – Przyznaję, byłem opryskliwy, kiedy pierwszy raz przybyłem, i nie mam doświadczenia w zalotach. Mam za to zmysł do interesów i dlatego było dla mnie oczywiste, że to nie pani ciotka jest u steru, a pani we własnej osobie.

Jego logika przyparła ją do muru. Poprawiła niewidoczny kosmyk włosów i wygładziła dłońmi spódnice. – Milordzie, odkryłam, że podoba mi się bycie starą panną. Mój czas i moje życie należą do mnie. Owszem, to przedsięwzięcie, które stworzyłam z pomocą ciotki w roli akceptowalnej fasady, pozwala mi na większą swobodę w budowaniu firmy i rozwijaniu jej w coś, co jest niemal lukratywne, ale w granicach przyzwoitości.

Oparł się i uśmiechnął, a po jej plecach przebiegł zimny dreszcz. To nie był szczęśliwy uśmiech. To była kalkulacja. – Jak długo, pani zdaniem, społeczeństwo będzie akceptować, że pani ciotka prowadzi agencję matrymonialną, skoro nie potrafi nawet znaleźć męża dla swojej uroczej siostrzenicy?

To była oczywiście jego wina. Powinien był od początku ją adorować, być uprzejmym, prawić więcej komplementów. Jeśli panna Amelia Remington chciała być adorowana, to będzie ją adorował. Musiał znaleźć sposób, by pokazać jej, że mówi poważnie. Chciał, żeby wiedziała, że może nadal prowadzić swoje przedsięwzięcia do woli i być mężatką. Najlepiej jego. Miała ten rodzaj bystrego umysłu, który uczyniłby z niej doskonałą nadzorczynię jego posiadłości. A bardzo potrzebowały nadzoru. Sytuacja się poprawiała, ale tylko dlatego, że większość interesów prowadził w głowie. Jego rejestry miały skąpe zapisy – jego własna wina, że poddawał się bólom głowy.

Wystarczyło, że spojrzał na nieotwarte księgi, a głowa zaczynała mu pękać. Ale Amelia Remington nie miała takich dolegliwości. Widział, jak czytała, jak pisała. Te urocze okularki na czubku nosa, które pomagały jej w kaligrafii. Tak, próbował nosić okulary. Bóle głowy nie ustępowały, więc przestał nalegać.

Potrzebował kogoś z intelektem Amelii i wyraźnym brakiem bólów głowy do prowadzenia ksiąg, a postawiłby, że byłaby genialna w ocenie odpowiednich rodzajów upraw do sadzenia i bydła do hodowli. Musiał istnieć lepszy sposób na zwiększenie plonów. Byłaby w tym dobra. Swatanie ludzi musiało być mniej więcej tym samym, co dobieranie upraw do warunków pogodowych.

Przynajmniej taką miał nadzieję. Nie chciał przyznać, jak rozpaczliwie pragnął utrzymać wszystko w ruchu. Jak wielka była presja, by przeznaczyć ziemię pod kopalnie.

Było to lukratywne, ale mógł ją sprzedać tylko raz. Jeśli utrzymałby produkcję na ziemi, ludzie mogliby jeść plony. Gdyby stała się kopalnią węgla, ludzie nie mogliby jeść węgla.

Przeklął samego siebie. Gdyby nie zrobił tak okropnego pierwszego wrażenia, gdyby nie był nią tak zaskoczony, miałby czas, by zrobić to właściwie.

Musiał po prostu pospieszyć się i zacząć ją adorować we właściwy sposób.

– Mam zaproszenie na wieczór muzyczny. Byłbym niezmiernie wdzięczny, gdyby zechciała mi pani towarzyszyć.

– Na co?

Wyjął bilet z kieszeni. – Nazywa się to *musicale* i odbędzie się w Mayfair za trzy dni.

Sposób, w jaki jej twarz rozjaśniła się, gdy spojrzała na bilet i przeczytała jego treść. Miał nadzieję, że opisał to poprawnie i nie wyciągnął złego biletu.

– O, mój Boże! – zasłoniła usta dłonią. – Jak zdobył pan tak cenne zaproszenie?

– To starzy przyjaciele rodziny. Dała mi je, kiedy złożyłem jej wizytę. Czy to znaczy, że pani przyjdzie?

– Ja… – Wyglądała, jakby chciała, ale się powstrzymywała.

Wykorzystał swoją przewagę. – To może być dobre dla interesów. Proszę zabrać ciotkę jako przyzwoitkę; może przy okazji zwerbuje pani więcej samotnych dam do agencji. Ostatnim razem proporcje gości były zaburzone.

Obserwował jej twarz w poszukiwaniu oznak zainteresowania. Skinęła głową. Doskonale.

– W takim razie dziękuję za zaproszenie, milordzie.

– Proszę, niech pani mówi mi David.

ROZDZIAŁ 5

Amelię Remington obudził dźwięk deszczu mocno bębniącego o okno. Nic dziwnego, biorąc pod uwagę tę porę roku, którą David nazywał „yor". O, do licha. Zdecydowanie za dużo myślała o tym mężczyźnie.

Mężczyzna miał też aż nadto racji. Jak źle świadczyło o biurze matrymonialnym ciotki Lamb to, że wciąż miała niezamężną siostrzenicę? Cóż, w tej chwili jeszcze nie wyglądało to tak źle, ale za sezon mogło już tak być. Za dwa sezony z pewnością tak będzie. Potem reputacja ciotki Lamb poleci na łeb na szyję.

Amelia musiała dopilnować, żeby do tego nie doszło. To tylko zwiększało presję, którą czuła, ale była pewna, że da sobie radę. Musiała po prostu doprowadzić do niesamowitego mariażu wśród swojej obecnej grupy klientek. Partii sezonu. Partii, dzięki której o biurze Lamb przez kolejne „yory" mówiono by z podziwem.

Fundusz powierniczy. David rozmyślał o tym, gdy jechał powozem wraz z panną Remington i panią Lamb na wieczór muzyczny.

Musiał znaleźć sposób, by pokazać Amelii, że może mu powierzyć swoje sekrety i…

Nagle doznał olśnienia.

Zaufanie!

Zleci prawnikowi sporządzenie aktu funduszu powierniczego.

Pani Lamb spojrzała na niego podejrzliwie.

„Z czego się pan tak szczerzy?".

„Och, z niczego" – szukał w myślach dobrej wymówki. „Zastanawiałem się nad kilkoma pomysłami dotyczącymi płodozmianu i nagle doznałem olśnienia".

„Uprawy pana ekscytują?".

Dobrze, kupiła jego kłamstwo. „Zwykle nie, ale to jest dobre. Widzi pani, eksperymentuję z wodorostami jako potencjalnym nawozem i środkiem chwastobójczym. Wpadłem na ten pomysł podczas ostatniej podróży żeglarskiej, kiedy…".

Pani Lamb zasłoniła usta dłonią, tłumiąc ziewnięcie.

Świetnie, zanudził matronę na tyle, że straciła ciekawość. Teraz mógł wrócić do myślenia o zachwycającej młodej kobiecie siedzącej naprzeciwko niego. Panna Amelia Remington, wkrótce Rosstrevor, Ardalyddes Caernarfonshire. Uczyni ją jedyną właścicielką i beneficjentką. Nie zostanie wymieniony z nazwiska… nie, chwileczkę, zostanie wymieniony jako osoba, której kategorycznie zabrania się dziedziczenia, kontrolowania lub posiadania jakichkolwiek udziałów w prowadzeniu wspomnianego funduszu. Wtedy z pewnością mu zaufa?

Poczuł się lżej na duchu i pewniej, wiedząc, jaki powinien być następny krok w tym osobistym przedsięwzięciu. Zapewni posag tej pannie Waverley. Biedna dziewczyna nie miała zbyt wiele do zaoferowania, a z tego, co słyszał, jej rodzina nie miała żadnych nadziei. Gdyby pomógł tej młodej kobiecie znaleźć męża, uwolniłby się od niej, a Amelia miałaby kolejną udaną partię dla swojego biura.

Sporządzenie aktu funduszu nie będzie łatwe. Po pierwsze, musiał znaleźć kogoś, kto znał się na tym, jak działają w świetle prawa. Potem musiał znaleźć kogoś, kto byłby skłonny to zrobić w taki sposób, aby kobieta mogła utrzymać firmę, którą założyła – i nadal z sukcesem prowadziła – bez ingerencji jakiegokolwiek mężczyzny, w przeszłości, teraźniejszości czy przyszłości.

Wiedział, że będzie musiał to wszystko przeczytać. Ból przeszył mu kark na samą myśl o tym. Ale zrobiłby to dla Amelii.

Kobiety, która siedziała grzecznie naprzeciwko, z łagodnym wyrazem twarzy – niezupełnie znudzonym, ale też dalekim od ekscytacji – patrząc przez okno.

Wtedy właśnie wpadł w myślowy wyboj. Utworzenie funduszu oznaczałoby wyjawienie tożsamości panny Remington i jej roli we wspomnianym przedsięwzięciu osobie trzeciej bez jej zgody.

Nie znał jej aż tak dobrze, ale po jej inteligencji i usposobieniu wiedział, że ujawnienie tego sekretu zrujnowałoby jakąkolwiek przyszłość, którą miał nadzieję z nią dzielić.

Będzie musiał nawiązać lepszą relację z panną Remington, aby zdobyć jej zaufanie do pomysłu z funduszem.

Powóz się zatrzymał – dotarli na miejsce. Koniec rozmyślań. Lokaj otworzył drzwiczki i opuścił stopnie. Wysiadł pierwszy i pomógł wysiąść pani Lamb, a następnie pannie Remington.

Jej dłoń w jego dłoni odnalazła naturalne oparcie, gdy schodziła na dół. Cud i dziw nad dziwy! Odwzajemniła jego uśmiech i powiedziała: „Doceniam to wyjście, dziękuję".

„Cała przyjemność po mojej stronie" – odparł promiennie. „Zasługujesz na odrobinę rozrywki, zamiast wiecznie organizować coś dla innych".

Gdy znaleźli się w środku, wskazał pannie Remington miejsce. Miał zamiar usiąść obok niej, ale w mgnieniu oka ciotka Lamb zajęła wolne krzesło. Musiał zadowolić się miejscem dalej. Ta ciotka Lamb grała rolę przyzwoitki nader przekonująco!

Wieczór muzyczny był zajmujący. W jego uszach wykonawczyni brzmiała bardziej jak alt niż sopran. Zauważył, że wystukuje palcami na udzie rytm muzyki. Dobry śpiew to dobre życie.

Gdy coraz więcej osób na widowni kiwało głowami z uznaniem, rozluźniona atmosfera i gesty śpiewaczki zachęciły gości do przyłączenia się. Nie trzeba było go dłużej namawiać, głos Davida połączył się z głosem artystki, a wkrótce dołączyli do nich kolejni.

Nastrój zmienił się z grzecznego na ożywiony, a przed następną piosenką konieczne stało się przesunięcie krzeseł pod ściany, aby ludzie mieli miejsce do tańca.

Pomyśleć, że gdyby jego statek był gotowy na czas, ominęłaby go ta chwila.

Zgromadzeni ustawili się w rzędach, by zatańczyć reela. David, będąc lepszym śpiewakiem niż tancerzem, stanął blisko muzyków (za ich namową) i ponownie dołączył do nich swój głos.

Spojrzawszy na gości, zobaczył pannę Remington stojącą z boku, nie tańczącą. Jej twarz była zwrócona w jego stronę, z nieodgadnionym wyrazem.

Ale jeśli nie tańczyła, to dlaczego chociaż nie śpiewała?

Co jej było?

Amelia Remington ujrzała światłość. Jakże niewiarygodnie nietaktownie ze strony tej światłości było być rzędem świec na wysokości głowy, lśniącym niczym złota aureola za twarzą markiza Carnations. Powinna przestać go tak nazywać; to zbytnio ich spoufalało. Jakby byli w bardziej zażyłych stosunkach niż w rzeczywistości.

Był Ardalithem Caernarfonshire i dobrze by zrobiła, pamiętając o jego pozycji. Ona była zaledwie panną Remington, córką damy, siostrzenicą wdowy po dżentelmenie.

A jednak była tu, na publicznym spotkaniu, pod właściwą opieką owej ciotki, która właśnie przyjmowała zaproszenie do tańca od innego dżentelmena z gęstą czupryną kręconych, tycjanowskich włosów.

Ciotka Lamb? Dlaczego ona… To musiało być tylko po to, by okazać grzeczność mężczyźnie proszącemu do tańca. To musiał być powód, dla którego dołączyła do korowodu.

O ile Amelia wiedziała, jej ciotka nie tańczyła od sezonu, w którym poznała i poślubiła swojego zmarłego męża.

Ciotka Lamb tańczyła ze swym dżentelmenem z ciepłym, swobodnym uśmiechem na twarzy. To nie był przypadek „zabawiania mężczyzny, dopóki się to nie skończy". Jej ramiona były opuszczone, a rozluźniony uśmiech sięgał kącików oczu.

Gdy piosenka, do której tańczyli, dobiegła końca, Amelia odwróciła się i zobaczyła markiza kłaniającego się grzecznie śpiewaczce, po czym znów spojrzał w jej stronę.

Amelia przełknęła ślinę.

Intensywność jego ciepłego spojrzenia uwięzła w jej piersi i musiała sięgnąć po krzesło, by utrzymać równowagę. Wtedy przechylił głowę w kierunku sufitu, a ona podążyła za jego wzrokiem.

Jemioła.

Nie było mowy, żeby zbliżyła się do tej części pokoju.

Ku jej zdumieniu, ciotka Lamb i jej partner taneczny skierowali się prosto ku niej.

Czas stracił wszelkie znaczenie, gdy ciotka Lamb i jej mężczyzna zbliżali się, krok za nieubłaganym krokiem, do tej zielonej, chwastowatej pułapki na pocałunki, wiszącej nad nimi niczym miecz Damoklesa.

Byli już dokładnie pod nią.

Ciotka Lamb klepnęła swojego partnera w ramię

i spojrzała w górę, po czym odwróciła się do niego i zachichotała jak podlotek w swoim pierwszym sezonie!

Ciotko Lamb!

Jej partner skłonił się z szacunkiem, po czym sięgnął w górę, zerwał jagodę z rośliny i włożył ją do reticule ciotki Lamb. Następnie delikatnie pocałował ją prosto w usta, na oczach wszystkich!

Amelia sapnęła. Ten skandal mógł zniszczyć ich interes!

Jednak jej sapnięcie zostało zignorowane przez innych. Zagłuszone przez westchnienia i oklaski dochodzące od tancerzy w pobliżu ciotki Lamb i jej adoratora. Ciotka Lamb dygnęła mu, po czym oddalili się od świątecznego ziela do stołu z napojami.

Szoków było coraz więcej, gdy kolejne pary kierowały się w stronę jemioły i stwarzały sobie pretekst do publicznego całowania. Gdy każda para docierała do zieleni, dżentelmen zrywał jagodę z rośliny i wręczał ją swojej partnerce tanecznej. Ona albo ją przyjmowała i całowali się, albo pozwalała mu pocałować swoją dłoń w rękawiczce.

Obok niej zabrzmiał głos ze znajomym akcentem. „Czy zechciałabyś zatańczyć?".

„Ja… nie mam odpowiednich butów do tańca. Myślałam, że to wieczór muzyczny" – odparła Amelia.

Jej oddech nie współpracował w tej sytuacji. Niech to szlag, to jej przesadnie reagujące ciało.

Uśmiechnął się rozbawiony i powiedział: „Nie sądzę, żeby to wydarzenie trzymało się scenariusza, nie. Wszyscy siedzieli tak długo w bezruchu, a muzyka była tak zachęcająca, że wydawało się to naturalne".

Jak dała się namówić na przyjście tu dzisiaj? Ach, tak, to wszystko było sugestią markiza, żeby przyszły posłuchać, z myślą o wynajęciu muzyków na przyszłe wieczory matrymonialne. A przynajmniej zaczerpnięciu pomysłów na przyszłe wydarzenia.

Markiz pozostał u jej boku. „Wybacz, że zwracam uwagę, panno Remington, ale nie słyszałem, jak śpiewasz".

„Rzadko śpiewam" – odparła.

„Naprawdę? Ależ... wszyscy śpiewają".

„Nie, nie publicznie. W Anglii kobiety śpiewają w wytwornym towarzystwie, być może w nadziei, że przyciągną ucho i oko jakiegoś zalotnika".

Uśmiechnął się zawadiacko i spojrzał na nią spod rzęs. „Ale za to tańczysz, prawda?".

„Czasami".

„Właśnie teraz wokół ciebie, panno Remington, jest muzyka i taniec. Czy uczynisz mi ten wielki zaszczyt? Wiem, że przybyliśmy tu w interesach, ale to nie znaczy, że nie możemy się też choć trochę rozerwać?".

„Zatańczę z tobą, pod warunkiem, że będziesz mnie trzymał z dala od jemioły. A jeśli zdarzy nam się znaleźć w jej pobliżu, ominiesz ją szerokim łukiem. Zrozumiano?".

„Całkowicie" – odparł, podając jej dłoń.

Poprowadził ją na zaimprowizowany parkiet, gdy zespół zaczął grać żywiołowego reela. Amelia musiała się roześmiać, widząc, jak elegancko ubrani są muzycy i wokalista, podczas gdy reel wymagał przesadzonego irlandzkiego akcentu, aby zaśpiewać o bezwstydnym chłopcu kradnącym całusy chętnej dziewczynie za fortepianem.

Gęsty akcent maskował niektóre z bardziej lubieżnych aspektów piosenki. Amelię zdumiewało, że piosenka o takiej tematyce mogła być grana w takim towarzystwie! Tempo tańca sprawiło, że Amelia skupiła myśli na kolejnych krokach, unikając ramion pobliskich tancerzy, którzy wpadali i wypadali z formacji. Było to tak energiczne, że zupełnie zapomniała, gdzie w sali się znajduje.

Markiz miał lepszy zmysł orientacji od niej i zauważył to w porę, by ją odciągnąć na bezpieczną odległość, sprawiając wrażenie, jakby po prostu zamieniali się miejscami z innymi tancerzami.

Gdy taniec dobiegł końca, oklaskiwała zespół i wokalistę, po czym dygnęła przed markizem. Ukłonił się jej i zasugerował, by napili się herbaty lub lemoniady dla ochłody.

Co za dżentelmen, wysłuchał jej obaw i postąpił zgodnie z jej życzeniem. Nie zauważyła, jak blisko znalazła się tej głupiej gałązki. Ale on to zauważył. Zamiast wykorzystać sytuację, odsunął ją.

Wysłuchał.

Zrobił to, o co prosiła.

Mój Boże, będzie z niego kiedyś wspaniały mąż.

Szkoda tylko, że ona sama tak bardzo sprzeciwiała się idei małżeństwa, ponieważ on był najbliżej ze wszystkich, by skłonić ją do ponownego przemyślenia jej głęboko zakorzenionych przekonań.

„Widziałaś ostatnio swoją ciotkę?" – zapytał, nalewając herbatę do dwóch filiżanek i podając jej jedną.

Amelia przyjęła spodek ze zbalansowaną na nim filiżanką i rozejrzała się po sali. „Kiedy ostatnio ją widziałam, tańczyła z tym mężczyzną o kręconych, rudych włosach".

„Owszem. Barona Abergavenny trudno przeoczyć".

„Barona skąd?".

„Abergavenny, kolejne miejsce w Walii".

„W takim razie jest daleko od domu" – stwierdziła Amelia.

„To prawda. Gdybyśmy tylko mieli jakieś biuro matrymonialne po naszej stronie rzeki Wye, nie zapełnialibyśmy waszych domów".

Amelia zachichotała z jego zuchwałości i upiła łyk herbaty. Lubiła słuchać, jak mówi, ale jego śpiewający głos był objawieniem. Poproszenie go, by dla niej zaśpiewał, byłoby czymś niestosownym. Zbyt intymnym. Mimo to chciała usłyszeć go ponownie.

Wkrótce.

Davidowi podobał się dźwięk śmiechu Amelii. Był pewien, że spodobałby mu się również dźwięk jej śpiewu, gdyby kiedykolwiek dla niego zaśpiewała. Dziewczyna, która nie śpiewa, była jak ptak, który nie lata.

Cieszył się, że w porę dostrzegł jemiołę. Nie miał czasu na zabobony i zmuszanie ludzi do całowania się. Jeśli dziewczyna nie chciała cię pocałować, nie potrzebowała do tego powodu. A wiedział z obserwacji zachowania własnej dalszej rodziny w domu, że jeśli dziewczyna chce pocałunku, da ci o tym znać. Bez żadnych podchodów.

Nie znaczyło to jednak, że nie myślał o pocałowaniu panny Amelii Remington w każdej minucie swoich jawy i przez większość snu.

Jej owdowiała ciotka to jednak inna sprawa. Może wymówka, że jest wdową, a nie rumieniącą się debiutantką, pozwalała jej całować, kogo tylko zapragnie?

Ciotka Lamb i Abergavenny pocałowali się, nie przejmując się światem, pomimo publiczności, a teraz dla Davida było jasne, że oboje udali się gdzieś, gdzie nie będą mieli widzów.

Abergavenny, o ile David wiedział, był porządnym człowiekiem. Jego rodzina nigdy nie miała z nimi problemów i nigdy ich nie sprawiała. Nie podobało mu się, że większość swoich pastwisk zamienili w kopalnie węgla, ale ostatecznie był to wybór barona.

Oznaczało to również, że górnicy przenoszący się na ten obszar musieli jeść, co stwarzało okazję dla Davida i innych, którzy wciąż mieli wystarczająco dużo ziemi, by uprawiać żywność dla tych górników.

Jego wzrok spoczął na pannie Remington. „Nie chcę pani wcale martwić, ale gdzie podziała się pani ciotka Lamb?".

„Jestem tuż za wami" – oznajmił jej znajomy głos.

Caernarfonshire i Amelia odwrócili się jednocześnie, by zobaczyć ciotkę Lamb trzymającą za rękę barona Abergavenny.

Ciotka Lamb dokonała prezentacji. „Panie markizie Caernarfonshire, to jest baron Abergavenny, a to moja siostrzenica, panna Remington".

Baron uścisnął dłoń Davida, po czym skłonił się

grzecznie nad ręką Amelii i rzekł: „Panie markizie Caernarfonshire, panno Remington, niezmiernie mi miło poznać. Panno Remington, jako najbliższemu krewnemu pani Lamb, przypada mi w udziale zaszczyt poproszenia pani o zgodę na nasz ślub".

David omal nie połknął języka z szoku. Baron z pewnością działał szybko.

Ta prośba przeszyła Amelię zaskoczeniem. „Moją zgodę?".

„Tak". Baron promieniał. Mężczyzna wyglądał na tak przepełnionego podziwem dla jej ciotki, jak mogłaby odmówić?

Wszystko działo się tak szybko.

Baron uznał jej wahanie za okazję do dalszych wyjaśnień. „Poprosiłem ją o rękę, a ona się zgodziła. Ponieważ jej rodziny już z nami nie ma, przywilej udzielenia zgody przypada pani".

Lepiej niech coś szybko powie, to było strasznie niezręczne. „Panie baronie, ach, moja ciotka jest wspaniałą kobietą, a jako starsza ode mnie i wdowa dawno po żałobie, jest w pełni zdolna do podejmowania własnych decyzji". Amelia była zdumiona tym, jak elokwentnie brzmiała, mimo wstrząsu, który nią targał.

Wszystko to było takie nagłe!

Czy ciotka Lamb wiedziała, że Abergavenny tu będzie? To mogłoby wyjaśnić, dlaczego spędzili tyle czasu

na tańcach i dlaczego tak chętnie zgodziła się na zaproszenie markiza.

Wciąż na nią patrzyli, czekając na jej akceptację. „Nie potrzebuje pan mojej zgody, ale i tak ją pan ma".

Przecież nie mogła odmówić.

„Dziękuję ci, moja droga" – powiedziała ciotka Lamb, obejmując siostrzenicę w mocnym uścisku. „George i ja znaliśmy się wiele lat temu i cieszymy się, że znów się odnaleźliśmy".

Sądząc po tempie wydarzeń, byli kimś znacznie więcej niż znajomymi, ale Amelia pozwoliła tej myśli przeminąć, widząc szczęście na twarzy ciotki i barona.

Mój Boże, jej ciotka zostanie baronową!

Co za wspaniała partia. Jak znakomicie to wpłynie na ich interesy matrymonialne.

A potem, gdy gratulowali sobie nawzajem, wymieniali kolejne uściski, a Amelia pocałowała barona w policzek na powitanie w rodzinie, on zrujnował wszystko swoim następnym oświadczeniem.

„Pani ciotka opowiedziała mi o przedsiębiorstwie, które prowadziła, i o tym, jak smutno jej będzie zrezy-gnować z tego, by zostać baronową Abergavenny. Serdecznie powitamy panią w naszym domu, będzie pani mile widziana, by zamieszkać z nami, zwłaszcza jeśli moja nowa żona będzie miała dzieci".

Amelię ogarnęła bezsilna konsternacja. Czy ten baron naprawdę sądził, że mówi coś właściwego? Protekcjonalny głupek.

To ona prowadziła całe przedsiębiorstwo! Ciotka Lamb była tylko jego twarzą. A teraz odchodziła, by poślubić swojego ukochanego i być może urodzić mu spadkobierców, a oni oferowali jej… jałmużnę?

Amelia uśmiechnęła się tak grzecznie, jak tylko potrafiła. „To wszystko tak wspaniałe i cudowne wieści. Nie mogłabym od razu z wami zamieszkać, macie przecież tyle lat do nadrobienia. Doskonale sobie tutaj poradzę”.

„Jest pani zbyt grzeczna” – powiedział. „Nalegam, by zamieszkała pani z nami. Mam takie szczęście, że odnalazłem moją zaginioną owieczkę; muszę rozszerzyć moją gościnność również na panią”.

Jak miała wybrnąć z tego galimatiasu?

Musiała porozmawiać z baronem i wyjaśnić prawdziwą naturę ich przedsięwzięcia. Gdy zrozumie, wszystko będzie dobrze.

O ile mogła mu zaufać.

Jej szanse na zdobycie jego niepodzielnej uwagi, gdy miał oczy tylko dla ciotki Lamb, były znikome. W głowie jej się kręciło od pulsującej krwi, gdy baron wspomniał, że postara się o specjalne zezwolenie, aby „moja owieczka i ja mogliśmy jak najszybciej wziąć ślub”.

Najwyraźniej zaraz po przybyciu do Abergavenny. Trzy dni powozem, jeśli pogoda dopisze.

ROZDZIAŁ 6

Następne kilka dni upłynęło na gorączkowych przygotowaniach i pakowaniu do przeprowadzki. Baron wspominał o sprzedaży londyńskiego domu ciotki Lamb, aby skonsolidować ich posiadłości.

Każdy dzień przybliżający wyjazd przybliżał ją do utraty przyszłości. Dotąd najgorszą obawą Amelii było to, że będzie musiała wyjść za mąż i wszystko stracić. Dlatego też stanowczo się temu sprzeciwiała. Nie wzięła jednak pod uwagę, że ciotka ponownie wyjdzie za mąż i tym samym podejmie za nią decyzję o zamknięciu przedsięwzięcia.

Znalazła George'a w holu, gdzie wydawał polecenia służbie wynoszącej kufry, które miały zostać wysłane przodem do jego posiadłości w Abergavenny.

„Mój panie, czy mogę prosić o chwilę rozmowy?"

„Moja droga panno Remington, ze mną zawsze możesz rozmawiać swobodnie. Będziemy jednak musieli odbyć tę rozmowę tutaj, gdyż muszę wskazywać, do którego powozu ma trafić każdy kufer".

„Dziękuję" – była wdzięczna, doprawdy, lecz także pełna obaw. „Czy byłoby tak źle, gdybym została tu, w Londynie?"

Zbladł.

„Tylko na troszkę dłużej, żebym, hm… miała czas pożegnać się z przyjaciółmi".

„Och, na litość boską, nie, możesz zaprosić tylu przyjaciół, ilu tylko zechcesz, by odwiedzili cię w Abergavenny. Mój dom będzie twoim domem. Ale żebym pozwolił ci tu zostać? Z czystym sumieniem nie mógłbym na to przystać. Kobieta bez przyzwoitki, mieszkająca samotnie? To po prostu nie wchodzi w rachubę".

„Mam służbę…"

„…Proszę, panno Remington, wszystko będzie dobrze. Rozumiem pani zdenerwowanie przeprowadzką, ale pokocha pani Walię, a zwłaszcza Abergavenny. To kraj samego Boga".

Amelia wymusiła uśmiech i wiedziała już, że przegrała. Wszystko, co podejrzewała na temat małżeństwa, okazywało się prawdą. W chwili, gdy kobieta wychodziła za mąż, jej mąż przejmował nad wszystkim kontrolę!

Podziękowała baronowi i wróciła do swojego biurka, gdzie oceniła pokaźną korespondencję. Baron nie pochwalał, że zajmowała się „męskimi sprawami", ale zostawiła go w holu, gdzie wydawał polecenia służbie, więc nie powinien jej przeszkadzać.

Później mieli się opatulić przed paskudną pogodą i wybrać na spacer lub może na przejażdżkę po parku z kocami, aby móc przyjmować gratulacje od wszystkich napotkanych po drodze.

Korespondencja była pełna gratulacji z powodu olśniewającego sukcesu ciotki Lamb, którym były jej zaręczyny z baronem. Niestety, każdej gratulacyjnej wiadomości towarzyszyły również kondolencje z powodu koniecznego zakończenia przedsięwzięcia.

Co gorsza, niektórzy pytali, czy pozostałe im bony można przenieść do innej firmy. Niektórzy nawet domagali się całkowitego zwrotu pieniędzy.

Ucieczka do Abergavenny mogła mimo wszystko mieć swoje zalety, jeśli klienci mieli ich ścigać za pieniądze.

Amelia odpisała każdej osobie, dziękując za życzenia i na tym poprzestała. Nie miała pojęcia, jak potoczą się dalsze losy jej firmy, ale nie wyglądało to dobrze. Zwłaszcza że nie miała okazji szczegółowo omówić tej sprawy z baronem. Czy on w ogóle wiedział, że ciotka Lamb była tylko publiczną twarzą ich przedsięwzięcia, a od samego początku był to pomysł i ciężka praca Amelii?

Amelia westchnęła i skończyła pisać listy. Ich następne, i być może ostatnie, przyjęcie miało odbyć się za dwa wieczory. Kolejne obciążenie dla jej nerwów.

W jej głowie zrodził się pomysł, jak wyjaśnić baronowi nagłe pojawienie się w domu odpowiednich kandydatów i kandydatek na małżonków. Amelia i ciotka Lamb udadzą, że przybyli goście przyszli pogratulować szczęśliwej parze. Amelia zmieni charakter wydarzenia w kolację na cześć barona i ciotki Lamb. Będzie kontynuować swatanie, podczas gdy uwaga barona i ciotki będzie odwrócona przez liczne osoby składające im życzenia.

O rety, wszystko to brzmiało tak wykonalnie, że Amelia zastanawiała się, dlaczego nie wpadła na to wcześniej. Prawdopodobnie kłębiące się w niej emocje i niepewność, co przyniesie jej nowe życie. Metaforyczne burze odebrały jej jasność myślenia.

Na jej twarzy pojawił się uśmiech, gdy wiedziała już, co dopisać do wszystkich listów, na które odpowiedziała. Dzięki Bogu jeszcze ich nie zalakowała.

Na dole każdego dopisała: „Proszę przybyć we wtorek o godzinie 16.00, aby pogratulować zaręczonej parze".

Ani słowa o tym, czy będzie to ich ostatnie wydarzenie, zresztą na papierze i tak nie było na to miejsca.

Zadowolona, że uda jej się wszystko wytłumaczyć (i zaspokoić ich żądzę zwrotu pieniędzy, których nie otrzymają), Amelia wzięła czystą kartkę papieru, zebrała się na odwagę i napisała słowa, których nigdy nie sądziła, że przeleje na papier.

Szanowny Markizie Caernarfonshire,

Przyjmuję pańskie oświadczyny.

Proszę złożyć wizytę w moim domu, aby uzyskać zgodę od nowej głowy naszej rodziny, barona Abergavenny.

Z poważaniem, Amelia Remington.

Musiała wziąć kilka oddechów, zanim zmusiła się do złożenia listu, zaadresowania go i zalakowania, po czym położyła go na wierzchu stosu i oddała cały plik lokajowi.

Gdy wyszedł z domu, Amelia została sama – tak sama, jak tylko można być z kamerdynerem, kucharką i resztą służby krzątającą się po domu. Ale była sama tak, jak nie była odkąd… odkąd tylko sięgała pamięcią. Zamieszkała z ciotką Lamb na długo przed śmiercią matki.

Siedząc tego popołudnia przy kominku, Amelia nie mogła sobie poradzić z robótką. Nić plątała się pod tamborkiem i tworzyła węzły. Wysunęła jej się z dłoni, a kiedy ją podniosła, obie strony wyglądały na tak samo niechlujne, że nie była pewna, która powinna być na wierzchu.

Wrzuciła ją do koszyka z przyborami do szycia i bezwładnie podeszła do pianoforte. Miała zeszyt, do którego przepisała kilka melodii, i usiadła, by zagrać. Jej palce były na początku chłodne i niezdarne, ale dopóki nie myślała o niczym zanadto, rozgrzały się i w końcu znalazły właściwe klawisze. Melodia była miła dla jej ucha.

Wkrótce zaśpiewała melodię, wesołą piosenkę o dziewczynie, która dostała bukiecik kwiatów od przystojnego wielbiciela. Im dłużej grała, tym więcej śpiewała, aż dołączył do niej inny, gładki baryton.

Podniosła wzrok i zszokowana uderzyła w klawisze.

Stał tam markiz Caernarfonshire, trzymając bukiecik kwiatów z oranżerii.

„A więc jednak pani śpiewa!" – wykrzyknął z promiennym uśmiechem, podchodząc do niej bliżej i podsuwając jej kwiaty. „Proszę nie przestawać z mojego powodu, gra pani pięknie, a i śpiew ma pani wspaniały".

„Nie słyszałam, jak pan wszedł, mój panie!"

„Lokaj mnie wpuścił, a ja podążyłem za dźwiękiem. Ma pani zachwycający głos".

O rety, zapomniała o manierach. Wstając od instrumentu, podeszła do niego i szybko dygnęła, po czym przyjęła kwiaty. „Zawołam słu…"

Chciała powiedzieć „służącą", ale ta pojawiła się już w drzwiach, by zabrać kwiaty i wstawić je do wazonu.

Markiz odchrząknął i powiedział: „Otrzymałem pani list. Pani zmiana zdania z pewnością uradowała moje serce".

Musiała pamiętać o oddychaniu. „Rzeczywiście, zmieniłam zdanie".

Sięgnął po jej dłoń, a ona ją podała, po czym poprowadził ich, by usiedli na szezlongu, niezupełnie blisko siebie, ale na wyciągnięcie ręki.

„Czy ośmielę się zapytać, co ją spowodowało?"

Spojrzała w jego piękne oczy i wypaliła: „Nie mam już żadnej innej możliwości".

ROZDZIAŁ 7

S łowa te zmroziły Davida bardziej, niż gdyby ktoś chlusnął mu w twarz zimną wodą. Z pewnością nie była to deklaracja uczuć, na którą liczył. Z drugiej strony tak bardzo pokpił sprawę podczas ich pierwszego spotkania, że nie mógł oczekiwać, iż tak szybko się do niego przekona.

Ale mogłaby przecież powiedzieć, że zaczęła żywić do niego jakieś uczucie, prawda?

– Muszę przeprosić – powiedziała, jakby nagle uświadomiła sobie brutalność swoich słów. – Nie to zamierzałam powiedzieć.

– Ale może to prawda? Co spowodowało taką zmianę? – Jeśli mieli się pobrać, to naprawdę powinien wiedzieć dlaczego. Był pewien, że szczerość co do powodów tego sojuszu przyniesie im obojgu lepsze rezultaty. Gdy ta myśl dojrzewała w jego umyśle, zrozumiał, że on również powinien być z nią szczery co do tego, dlaczego tak szybko się do niej przywiązał.

Przełknęła ślinę i powiedziała:

– Jesteś czarującym mężczyzną i mogę z tobą całkiem swobodnie rozmawiać.

Znowu oddychał; to był dobry znak. Nie był pewien, ile jeszcze jego serce zdoła znieść.

– Dobrze wiedzieć. Chciałbym mieć żonę, która potrafi ze mną prowadzić rozmowę. Lubię rozmawiać.

Próbował obrócić to w żart, ale ona nie wyglądała na szczególnie szczęśliwą. Kąciki jej ust opadły. W oczach zabrakło blasku. Jej dłoń wciąż spoczywała w jego dłoni, więc delikatnie pocierał kciukiem jej knykcie, zachęcając ją, by otworzyła serce.

W tej samej chwili serce mu się ścisnęło. To nie było spotkanie dusz, którego oczekiwał, podróżując do Anglii. Chciał wrócić z żoną, a nie z więźniem.

Znowu przełknęła ślinę, a jej głos był cienki jak trzcina.

– Jak byłeś świadkiem innego dnia, baron i ciotka Lamb zbliżyli się do siebie. A raczej, mówiąc dokładniej, odnowili dawną zażyłość. Za kilka dni wyjeżdżają do Abergavenny. Ale ponieważ to on będzie głową domu, muszę wyjechać z nimi. To oznacza również porzucenie przedsiębiorstwa.

Doprawdy żadnych innych możliwości!

– Domyślam się, że tak naprawdę nie chcesz jechać, prawda?

Zacisnęła usta, a potem zwilżyła je językiem, by pozbyć się suchości. Widok jej różowego języka na wargach przeszył jego ciało dreszczem pożądania.

– Przeczytałeś mnie jak otwartą księgę, milordzie – wyjaśniła. – Nie chcę wyjeżdżać z Londynu, nie chcę rezygnować z niezależności ani z interesu. To było… to jest… coś, w czym jestem całkiem dobra. Zawarłyśmy już trzy dobre mariaże w tym sezonie i wiem z wymian wizytówek po naszym ostatnim wieczorku, że w nowym roku będzie ich więcej. To stało się sporym sukcesem.

– Baron o tym nie wie, prawda?

Amelia osunęła się w fotelu.

– Wie co nieco, ale nie wszystko. Zachęcił ciotkę Lamb, by przestała, a ona nie widzi powodu, by kontynuować, skoro odnalazła swoją miłość. Nie chcę stawać między nimi. Jeśli moja ciotka odnowiła dawny płomień, powinna mieć do tego swobodę.

Musiał coś powiedzieć, by pokazać, że słucha, chociaż serce biło mu o wiele za szybko.

– Niezły pasztet, prawda?

Niech go biczują za głupotę, cóż za ponura uwaga w tych okolicznościach!

– To zawsze było moje przedsięwzięcie, a ciotka Lamb odgrywała swoją rolę. Myślę, że jej się to podobało, a także wykorzystywało jej wdowieństwo i pozycję… Wiem, że pozostawiona sama sobie, mogłabym to kontynuować. Ale bez ciotki Lamb tracimy nasz publiczny wizerunek. Nikt nie zaufałby niezamężnej kobiecie prowadzącej takie przedsiębiorstwo.

To była okropna sytuacja bez wyjścia.

– Postrzeganie jest wszystkim, nieprawdaż?

– Owszem.

– A zatem twoje jedyne dwie opcje to wyjazd z ciotką i baronem albo zaryzykowanie małżeństwa ze mną? –

Wypowiedzenie tego na głos nie uczyniło tego mniej brutalnym.

Przyłożyła chusteczkę do nosa i powiedziała:

– Jeśli zechcesz mnie poślubić.

Nie była to entuzjastyczna aprobata, na jaką liczył. Mimo wszystko, był to jakiś punkt wyjścia. Może nawet coś więcej niż początek?

– A co, jeśli istniałby sposób na utrzymanie przedsiębiorstwa?

Otarta twarz i spojrzała na niego.

– Masz na myśli sprzedaż interesu?

– Nie, zachowałabyś go i nadal prowadziła. Ponieważ sprawia ci to radość i jesteś w tym dobra.

Cofnęła się, wyglądając na zdezorientowaną.

– Jesteś aż tak pewien, że mogłabym to kontynuować, będąc niezamężną kobietą w towarzystwie?

Niezupełnie.

– Proszę, nie zrozum mnie źle. Nadal byśmy się pobrali, ale wszystko objąłbym umową powierniczą, dzięki czemu zachowałabyś wszystko i miałabyś nad tym pełną kontrolę. Z prawnego punktu widzenia nie miałbym żadnego udziału ani roszczeń.

– Przypuszczam, że nie ma sposobu, bym mogła kontynuować wieczorki i nie musieć za ciebie wychodzić?

Uff, co za głęboki cios w jego ego.

– Cóż – wziął oddech, by przemóc emocjonalne odrzucenie – twoje małżeństwo ze mną oznaczałoby, że miałabyś wyższą rangę niż baron, a dzięki tak udanemu związkowi… stałabyś się matroną towarzystwa. Mogłoby to nawet postawić cię w lepszej pozycji, a także zareklamować niesamowity sukces twojego przedsiębiorstwa.

Na te słowa wybuchnęła płaczem i upadła twarzą na poduszki.

Nie takiego rezultatu oczekiwał.

– Czy to naprawdę aż tak okropna koncepcja?

– Nie – pociągnęła nosem. – To jest absolutnie cudowne – wysmarkała się głośno. – Dlaczego jesteś dla mnie taki miły?

– Ponieważ chcę mieć szczęśliwą żonę! – Czy to nie było oczywiste? – Jeśli ty będziesz nieszczęśliwa, ja też będę nieszczęśliwy. Dlaczego oboje mielibyśmy być nieszczęśliwi? Nie pozwolę na to.

Minęła chwila, zanim jego słowa – i ich prawdziwe znaczenie – przeniknęły przez jej nastrój. Chciał mieć szczęśliwą żonę?

Przez wszystkie miesiące swatania, przez cały czas przeglądania cech wymaganych i pożądanych, jak często ludzie wspominali o wymogu, by druga osoba była szczęśliwa?

Z bólem uświadomiła sobie, że niektórzy wspominali, jak szczęśliwi byliby, znajdując męża lub żonę, ale to było coś zupełnie innego.

– To jest – z trudem znajdowała słowa – niezwykła propozycja. To, że chcesz, bym była szczęśliwa.

– Czyżby wyrosła mi druga głowa? – zapytał, mrugając kilka razy na tę myśl. Potem dotknął swojej szyi, z lewej i prawej strony, udając, że szuka. – Myślałbym, że każdy mężczyzna chciałby mieć szczęśliwą żonę, tak jak każda kobieta chciałaby mieć szczęśliwego męża?

Amelia oddychała głęboko, wciąż zaskoczona. To prawda, że zepsuł pierwsze wrażenie. Wydawało się, że wcale nie jest wybredny co do tego, kogo poślubi. A jednak teraz przyznawał, że ceni jej szczęście, by zapewnić sobie własne.

– Żaden dżentelmen, wymieniając cechy przyszłej żony, nie wspomniał o czymś takim.

Zmarszczył czoło.

– Chcesz powiedzieć, że przez cały ten czas aranżowania małżeństw nikt nie wspomniał o nastrojach drugiej osoby?

Westchnęła ciężko.

– Niespecjalnie. Oni… chyba zdradzam teraz wszystkie sekrety mojego interesu, ale dżentelmeni pragną tylko pewnej… dyspozycji. Zwykle proszą o cichą, dobrze wychowaną młodą damę, która będzie dobrą matką i uległą żoną. Mówią oczywiście o tym, jak to przyczyni się do ich własnego szczęścia.

– A czego pragną damy?

Ach tak, damy.

– Jeśli są naprawdę szczere, szukają tytułu, jeśli to w ogóle możliwe. W przeciwnym razie, kogoś, kto później może odziedziczyć tytuł, albo dżentelmena z majątkiem, by zapewnić sobie wygodne życie.

– I nie obchodzi ich jego usposobienie?

– Obchodzi – sprostowała Amelia. – Nikt nie chce brutala, ale bardzo trudno jest wiedzieć, czy się w niego nie zamieni, gdy już będą po ślubie. Słyszałam, że może się tak stać, jeśli żona nie dostosuje się łatwo do swojego nowego miejsca w świecie.

Potrząsnął głową.

— Chcesz powiedzieć, że mężczyźni odgrywają przedstawienie, by zdobyć żonę, a gdy już są po ślubie, kurtyna opada i ich prawdziwa natura znów dochodzi do głosu.

Amelia wzięła głęboki oddech.

— Mam szczerą nadzieję, że nigdy tak nie jest. Utrzymuję korespondencję z moimi klientami i żaden nie wspomniał o nagłych zmianach w zachowaniu. Jestem za to przynajmniej bardzo wdzięczna. Myślę, że ciotka Lamb była pod tym względem niezwykle przezorna, wywąchując łajdaków z góry.

Zaśmiał się cicho.

— Rozmawiasz ze mną, wiem, że ciotka Lamb jest na pokaz, ale to ty jesteś prawdziwym koniem pociągowym, który załatwia sprawy.

— Porównanie do konia to nie taki komplement, za jaki go uważasz! — Jeszcze chwilę temu wspominał, że jej szczęście jest najważniejsze, a teraz porównuje ją do bydła? Czy ten człowiek nie miał żadnych manier?

— Bo nie próbowałem ci schlebiać. Dokonałem trafnego porównania, by docenić, jak ciężko pracujesz. W pewnym sensie pracujesz ciężko, by wszyscy inni byli szczęśliwi, a nie myślisz o własnych potrzebach.

— Doskonała riposta — powiedziała z ironicznym tonem.

— Och, myślę, że jesteś koniem pociągowym i wykonujesz swoją pracę, a jesteś niewidoczna dla wszystkich innych, którzy mogą cieszyć się owocami twojej pracy. A jeśli chodzi ci o komplementy, mogę ci powiedzieć, że nie rzucam ich na wiatr. Jednakże, sprawia mi przyjemność, gdy widzę, że się uśmiechasz. To jak świeca w ciemności, sposób, w jaki rozświetla całą twoją twarz. Dobrze jest widzieć, jak promieniejesz.

Od jego słów owionęło ją ciepło. Wydawał się być osobą, która robi to, co mówi – nie był skory do łatwego prawienia komplementów, ale czuła, że zasłużyła na ten rzadki dowcip od niego. To czyniło go jeszcze cenniejszym. Coś w tym cieple zaiskrzyło w niej na myśl o zdobyciu od niego kolejnych komplementów.

Dobry Boże, co on z nią robił?

Przestała już płakać i nie potrzebowała chusteczki.

– Muszę przyznać, że cieszę się, że ktoś zauważył, ile pracy włożyłam w to przedsiębiorstwo. Ciotka Lamb cieszyła się swoją zaszczytną pozycją, ale poza tym tak naprawdę nie rozumie, co robię. Chyba nikt tak naprawdę nie rozumie.

– Czy dlatego tak bardzo boli cię, że zaakceptowała Abergavenny'ego i oczekuje, że pójdziesz za nią?

Amelia skinęła głową. Jakim cudem widział ją tak wyraźnie?

– Jej nadchodzący ślub z baronem jest na ustach całego towarzystwa. Niektórzy uważają, że ukrywała jego obecność, by zatrzymać go dla siebie, ale ostatecznie to on zdecydował się oświadczyć. W każdej innej sytuacji, gdyby na czele tego przedsięwzięcia stał mężczyzna, byłoby to postrzegane jako dowód, że jesteśmy najlepszymi swatami w dobrym towarzystwie. Niestety, sukces przyszedł za cenę konieczności zakończenia działalności. Ona nie ma już ochoty zostawać w Londynie, a tym bardziej utrzymywać pozorów.

Milczał przez chwilę, zamyślony, przygryzając górną wargę, jakby żuł coś niewidzialnego. Po chwili powiedział:

– Panna nie jest postrzegana jako odpowiednia osoba do prowadzenia takiego interesu matrymonialnego. Towarzystwo byłoby bardziej przychylne... szczerze mówiąc, chwytam się brzytwy... markizowi jako twarzy przedsiębiorstwa?

Amelia nie miała skłonności do omdleń, ale poczuła, że zaraz zemdleje.

– Zrobiłbyś to dla mnie?

– Zrobiłbym, jeśli za mnie wyjdziesz.

Znowu oniemiała. Amelia wyrzuciła z siebie:

– To wszystko dzieje się tak nagle.

„Ależ skąd. Pytam cię już chyba po raz piąty, więc z pewnością już się do tego przyzwyczaiłaś?"

Tym ją zagiął.

„Jest bardzo wiele rzeczy, które mnie martwią – wyznała Amelia. – Nie interes, który, jak sądzę, moglibyśmy razem świetnie prowadzić, gdybyś to ty był jego publiczną twarzą. Ale małżeństwo... przeraża mnie. Muszę być szczera i nie będę szczęśliwa, dopóki nie powiem, co mi leży na sercu. Nie chcę umrzeć przy porodzie, co zdarza się z niepokojącą regularnością".

Krew odpłynęła mu z twarzy.

Amelia ciągnęła: „Wiem, że matki często muszą chować swoje dzieci, którym nie udało się przeżyć, o czym świadczą nagrobki na przykościelnym cmentarzu.

A także… ach… myśl o tym, co trzeba zrobić, żeby mieć te dzieci, wprawia mnie w zakłopotanie i przeraża, bo mogę opierać się tylko na tym, co mówi ciocia Lamb, że jest to coś, co trzeba znieść. Chociaż z drugiej strony ciocia Lamb jest zakochana po uszy w baronie, więc może jednak jest gotowa na odrobinę tego znoszenia?".

Amelia w końcu zamilkła, ale serce biło jej jak szalone, a oddech miała przyspieszony.

„Mogę jedynie obiecać, że będę przy tobie – powiedział markiz. – I mam nadzieję, że sam nie umrę przy porodzie".

„Ty? Jakim cudem miałbyś umrzeć?".

„Zemdlałbym, uderzyłbym się w głowę i zostawił cię jako wdowę z wrzeszczącym dzieckiem".

Wybuchnęła śmiechem. „Postępuję głupio, prawda?".

„Ależ skąd, jesteś po prostu szczera, a to mi się podoba. Ja też się trochę boję. Mam nadzieję, że nic z tych rzeczy się nie wydarzy. Nie wiemy, co dobry Pan Bóg dla nas przygotował. Dlatego musimy korzystać z okazji, kiedy tylko możemy. I być tak szczęśliwi, jak tylko się da, przez czas, który jest nam dany".

Jego słowa były tak pokrzepiające i rozsądne. „Jest jeszcze jedna komplikacja. Ten dom należy do cioci Lamb i wkrótce będzie własnością barona. Jak mam urządzać wieczorki bez rezydencji?".

Pokiwał głową i zamyślił się na chwilę, po czym rzekł: „Mógłbym go od niego odkupić, czy to by się sprawdziło?".

„To… niewiarygodnie hojne z twojej strony". Jeśli nie będzie ostrożna, może to doprowadzić do prawdziwego omdlenia. „Zrobiłbyś to dla mnie? Dla kobiety, której ledwo znasz. To ogromne ryzyko finansowe, wiedząc, że nie będziesz miał żadnej kontroli po sporządzeniu aktu powierniczego".

„Moim interesem jest posiadanie szczęśliwej żony, która, jak już zdążyłem stwierdzić, jest niewiarygodnie bystra. Większym ryzykiem byłoby zabranie cię stąd i wywiezienie do Caernarfonshire, gdzie prawdopodobnie byłabyś nieszczęśliwa, musząc porzucić swoje dobrze prosperujące przedsięwzięcie".

Naprawdę zaczynała go bardzo lubić. Ale coś wciąż ją dręczyło. „W pewnym momencie chciałbyś, abym była w Caernarfonshire, z tobą, jako twoja markiza. Zgadza się?".

„Tak. Pomyślałem, że najlepiej będzie, jeśli pomieszkamy w Londynie na czas sezonu, a potem pojedziemy do Walii na lato. Klimat będzie o wiele przyjemniejszy. Czy mam rozumieć, że latem jest mniej swatania, przynajmniej w Londynie?".

„To… prawda. Większość rodzin z towarzystwa wyjeżdża do swoich wiejskich posiadłości, a parlament jest zamknięty". Mój Boże, pomyślał o wszystkim.

Uśmiechnął się, jakby coś go zachwyciło. „Latem damy z towarzystwa urządzają przyjęcia w swoich wiejskich posiadłościach, czyż nie? Czy mogłabyś prowadzić podobne przedsięwzięcie w Walii? Mamy dziesiątki odpowiednich dam i dżentelmenów, którzy potrzebują przedstawienia i pomocnej dłoni, aby dobrze się skojarzyć".

„Czy to znaczy, że zostałbyś tutaj, w Londynie, ze mną, do końca zimy?".

„Cóż, tak, ale tylko jako mąż i żona. Byłby to ogromny skandal, gdybym tu mieszkał, a ty byłabyś niezamężna i bez przyzwoitki, z przystojnym markizem pod tym samym dachem".

Amelia wybuchnęła śmiechem.

„Czy to znaczy, że za mnie wyjdziesz?".

Czy to był szósty raz, kiedy ją o to pytał?

Złośliwa myśl połaskotała umysł Amelii. „W takim razie chyba powinnam, ale tylko po to, by zapobiec strasznemu skandalowi, który zrujnowałby mój interes".

„Czy kiedykolwiek będziesz mi schlebiać, po prostu po to, żeby mi poprawić humor?" – zapytał, biorąc jej dłoń w swoją i całując jej wnętrze.

Iskry przebiegły przez jej ciało, a ona podroczyła się z nim jeszcze trochę. „Będę ci schlebiać, kiedy to będzie prawda" – odparła.

„Czy mogę cię pocałować?".

Zgodziła się go poślubić. Logiczne było, żeby mieć już całowanie za sobą. Pozostałymi aspektami małżeństwa zajmie się w odpowiednim czasie. Ale obiecał, że pozwoli jej prowadzić wieczorki i mieszkać w domu cioci Lamb przynajmniej przez ten sezon. Za to mogła znieść pocałunek. „Tak, możesz".

Uśmiechnął się krzywo, radośnie, po czym pochylił się i musnął jej usta, lekko jak piórko, swoimi. Było to tak szybkie i eteryczne, że mogłaby to sobie wyobrazić. Nie było w tym nic przerażającego ani natarczywego, w zasadzie to było…

Pocałował ją ponownie, tym razem mocniej, i coś przewróciło się za jej żebrami. Odsunęła się. „Przepraszam".

Zamrugał. „Za co przepraszasz?".

„Coś jest ze mną nie tak. Moje serce właśnie dostało jakiegoś skurczu. Chyba zaczynam chorować".

„Och, droga" – przyjrzał się jej twarzy, po czym pocałował ją ponownie.

Jej serce znów wykonało ten koziołek. Odsunęła się. „Czyżbym nagle zachorowała? To bardzo niezwykłe".

„Wydaje mi się, że rozpoznaję przyczynę, bo moja krew też krąży szybciej – wyznał. – Kiedy mnie całujesz, puls wali mi w uszach".

„Czy to... normalne?".

„Najwyraźniej – odparł. – Ale będziemy musieli się dalej całować, żeby się upewnić".

Tym razem to ona pochyliła się i przycisnęła swoje usta do jego. Coś ciężkiego zadrżało w jej ciele. Delikatnie położyła dłonie po obu stronach jego twarzy i przytrzymała go bliżej. Było to najcudowniej niebezpieczne doznanie, jakiego kiedykolwiek doświadczyła, i chciała więcej. Nie wykazywał żadnych oznak, by się odsunąć, więc całowała go dalej. Jej usta rozchyliły się z westchnieniem, a on zrobił to samo, mdlejąc i wzdychając, gdy otwierał dla niej wargi.

To było boskie!

Oddychając coraz szybciej, Amelia w końcu odsunęła się i oparła czoło o jego czoło. „Czy tak wygląda małżeństwo? Zaczynam teraz rozumieć jego urok".

„Podobno jest tego więcej" – powiedział.

Odsunęła się. „Więcej?".

„Tak mi powiedziano, choć sam jeszcze tego nie doświadczyłem. Jestem pewien, że jakoś sobie poradzimy".

„Ryzykując, że będę ci schlebiać zbyt wcześnie w naszej znajomości, muszę przyznać, że twoje pocałunki zupełnie zawróciły mi w głowie".

Uśmiechnął się ciepło, z odrobiną złośliwości. „Niewiele pocałunków mogę porównać do naszych, ale twoje sprawiły, że mleko zbiegło mi się w herbacie".

Amelia zakryła usta, by nie roześmiać się zbyt głośno.

„Ach, widzisz, rozśmieszyłem cię i sprawiłem, że cieszyłaś się dobrym pocałunkiem. To z pewnością dobra cecha u przyszłego męża?".

Wciąż się uśmiechając, ale odzyskując równowagę, Amelia przechyliła głowę na bok. „Czuję się w obowiązku cię ostrzec, że mogę być okropną żoną".

„Pod jakimi względami?".

Liczba mnoga? Och, był w tym dobry!

„Pod tak wieloma". Zaczęła odliczać na palcach wyimaginowane wady. „Jestem uparta i zbyt często chcę stawiać na swoim. Cenię sobie własne towarzystwo. Lubię sama wszystko organizować, a nie być organizowana przez innych. I… co najgorsze, lubię zarabiać pieniądze, całkiem sama".

Uśmiechnął się jak wilk. „To wszystko doskonałe cechy".

„Być może u mężczyzny, ale czy nie uważasz, że to nienaturalne?".

„Co jest nienaturalnego w chęci dobrego zarobku? A z tego, co widzę, właśnie to robisz i prawie nikt przez cały ten czas tego nie zauważył".

„Oprócz ciebie".

„Cóż, ja zauważam różne rzeczy. Zauważam, że

towarzystwo przywiązuje dużą wagę do posiadania pieniędzy, ale nie lubi wiedzieć, jak się je właściwie zarabia. Znalazłaś idealne rozwiązanie. Prawie w ogóle nie musiałbym cię utrzymywać. Zyskuję żonę, która jest bystra i rozumie ludzi, która jest zaradna i dobra w rachunkach. Mam nadzieję, że z czasem oboje doczekamy się dzieci. Kto wie, może nawet niektóre z nich polubimy!".

Wybuchnęła śmiechem. „Daj spokój!". Amelia przestała próbować powstrzymać chichot. O mój Boże, wychodziła za mąż! „Czy jest coś, co powinnam wiedzieć, zanim będzie za późno, byśmy zmienili zdanie?".

„Chciałbym, aby nasze dzieci mówiły po walijsku i po angielsku, jeśli nie masz nic przeciwko temu".

Amelia kiwnęła głową. Wydawało się to łagodną prośbą i czymś, co mogło być użyteczne.

Dodał: „Powinniśmy mieszkać w Londynie podczas sezonu, a na resztę roku przenosić się do mojej posiadłości".

Uwielbiała sposób, w jaki to powiedział.

Miał całkiem pokaźną listę. „Chciałbym prosić cię o radę w różnych sprawach, gdy się pojawią. Masz bystry umysł, chcę z niego skorzystać".

To ją zaskoczyło. „W jakich sprawach?".

„Płodozmian, zarządzanie posiadłością, hodowla zwierząt. Głównie uprawiamy pszenicę i jęczmień, ale wiem, że jeśli się nad tym zastanowisz, znajdziesz sposób, by uczynić to bardziej dochodowym".

Na jej ustach pojawił się grymas drwiny, ale Amelia go powstrzymała. „Nie jestem pewna, jak bardzo mogłabym pomóc, ale postaram się jak najlepiej zrozumieć sytuację, kiedy sezon się skończy".

„Jeszcze jedna rzecz. Chciałbym twojej pomocy w czytaniu".

Zatkało ją na chwilę i mogła tylko mrugać.

„Ku mojemu wielkiemu wstydowi, nie jestem w tym zbyt dobry. Kiedy próbuję, boli mnie głowa, więc staram się tego unikać, na ile to możliwe". Spojrzał na nią, a jego dłonie uniosły się w geście porażki, czekając na jej aprobatę.

Amelię olśniło. „Dlatego tak szybko mi się oświadczyłeś!". Teraz wszystko nabrało sensu. Kiedy wszedł – nie chodziło o to, że nie uszanował ich godzin urzędowania, tylko o to, że ich nie przeczytał. Natychmiast poprosił o jej rękę, ponieważ po papierach w jej dłoniach poznał, że potrafi czytać.

„To ja muszę pana przeprosić – powiedziała Amelia. – Dlaczego nie sprawimy panu okularów i nie zobaczymy, czy zrobią różnicę? Ciocia Lamb już prawie nie pisze, dyktuje mi, bo mówi, że sztywnieją jej stawy, zwłaszcza zimą. Używa lorgnonu do czytania gazet".

„To taka afektacja. Próbowałem jednego, ale wyglądałem w nim jak chełpliwy paw – prychnął. – Myślałem, że mnie wyśmiejesz".

„Dlaczego miałabym to robić? Nie ma wstydu w potrzebie noszenia okularów. Jestem pewna, że wkrótce sama będę potrzebowała własnych".

„A czy okulary powstrzymują litery przed zamienianiem się miejscami?".

„Słucham?".

„Litery czasem zamieniają się miejscami, więc kończę… plątając kłowa".

Amelia zacisnęła usta, żeby się nie roześmiać. „Zachowam pańską dyskrecję i pomogę, kiedykolwiek będzie pan potrzebował".

Odetchnął z ulgą, jakby sam ten problem podgryzał go niczym mysz kawałek sera.

ROZDZIAŁ 8

Pożegnalne przyjęcie zaręczynowe dla ciotki Lamb i barona Abergavenny zamieniało się w nie lada ścisk. Choć do Bożego Narodzenia zostało zaledwie kilka dni, a wiatr mógłby zwiać pióra z puszczyka, goście zignorowali to wszystko, by przybyć na popołudniowe przyjęcie. Zdawało się, że same ściany uginają się na boki, gdy ludzie przelewali się z pokoju do pokoju. W niektórych pokojach krzesła ustawiono wzdłuż ścian, a dywany zwinięto wcześniej, by zrobić miejsce do tańca. Inne pokoje miały bardziej przytulny charakter; ogień w kominku rozświetlał je i ogrzewał, a świece w latarniach wzdłuż ścian rzucały migotliwe cienie.

Nigdy nie mieli tak wspaniałej frekwencji. Owszem, powodem było to, że ludzie chcieli życzyć nowo zaręczonej parze wszystkiego dobrego na nowej drodze życia, ale dla Amelii to wciąż była praca. W myślach odhaczała każdego przybyłego na liście, rozdawała karnety balowe i ołówki, a także ołówki dla dżentelmenów, aby ci mogli zapisać na odwrocie nazwiska debiutantek, z którymi chcieliby zawrzeć bliższą znajomość.

Wszędzie ludzie. Błyszczące oczy, szczęśliwe uśmiechy, dżentelmeni ukradkiem wsuwający swoje wizytówki do damskich siateczek, gdy myśleli, że nikt ich nie widzi. Amelia widziała to wszystko i pęczniała z dumy. Co za wspaniała frekwencja.

Co za wspaniała okazja, by skojarzyć jeszcze więcej par i zorganizować więcej uroczystości w nowym roku. Wszystko szło fantastycznie.

Aż do przemówień.

Wszyscy zebrali się w największym z frontowych pokoi, ale brakowało miejsca, więc goście rozlali się na hol i schody, nadstawiając uszu, by usłyszeć każde słowo szczęśliwej pary.

„Ogromnie wam wszystkim dziękuję za waszą radość” – powiedział baron. Ciotka Lamb uśmiechnęła się błogo do swego ukochanego. „Po tych wszystkich latach odnalazłem moją zaginioną owieczkę i jestem najszczęśliwszym człowiekiem na świecie, że wkrótce zostanie ona moją baronową”.

Przerwał, a ludzie wznieśli okrzyki z życzeniami.

„Jestem pewien, że do tej pory wywarła wspaniały wpływ na wasze życie, ale zrozumiecie, że nadszedł czas, by moja droga Lamb porzuciła dni swatania, gdy rozpoczyna nowy rozdział w swoim życiu, ze mną!”.

Kolejne oklaski i wiwaty wypełniły dom. Oczywiście wszyscy rozumieli, że ciotka Lamb nie będzie zajmować się swataniem w najbliższym czasie. Ale czy chciał, żeby zabrzmiało to tak ostatecznie? Że przedsięwzięcie nigdy już nie będzie kontynuowane?

Błagalnie spojrzała na markiza, by powiedział kilka słów.

Ten odchrząknął lekko, złożył gratulacje pannie młodej i panu młodemu i dodał: „Ale nie obawiajcie się, przedsięwzięcie będzie kontynuowane. Kupiłem tę posiadłość od dobrego barona, a w nowym roku urządzimy więcej przyjęć, tańców i wieczorów muzycznych".

To wywołało rundę uprzejmych oklasków, ale nie głośne wiwaty, jakich spodziewała się Amelia.

„Panie szanowny" – zasugerował jeden z kawalerów do wzięcia – „wątpię, by to było to samo bez ciotki Lamb. Była sercem i duszą tego domu. Jej nie da się zastąpić".

Świat Amelii runął w gruzach. Przecież to wszystko było jej ciężką pracą!

„Ach, ależ widzi pan" – kontynuował markiz – „zachowamy ciągłość. Młoda Amelia nadal będzie bezpośrednio zaangażowana".

Ktoś kaszlnął.

Jedna z matron towarzystwa, ach tak, to była pani Waverley, zasugerowała: „Niezamężna kobieta podejmująca tak ważne decyzje? Uszom nie wierzę".

„Ależ ona nie jest niezamężna" – rzekł markiz. – „A przynajmniej niedługo nie będzie. Poprosiłem ją, by została moją żoną, a ona się zgodziła".

Gdyby pod domem otworzył się lej krasowy, nie mógłby być bardziej destrukcyjny. Amelia poczuła na sobie skupiony wzrok wszystkich oczu. Ludzie zaglądali z korytarza, a po pokoju, a następnie na hol i schody, rozniósł się falujący szept.

David wyciągnął rękę do Amelii, a ona nie miała innego wyjścia, jak tylko podejść i ją przyjąć. Czyniąc to, powiedziała: „Nie zamierzaliśmy odwracać uwagi od twojego przyjęcia, ciotko Lamb, naprawdę".

Ciotka Lamb przyciągnęła Amelię w objęcia i powiedziała: „Cieszę się twoim szczęściem". Potem, wykorzystując chwilę ciszy w pokoju, dodała: „Moja bratanica i markiz! Najlepsza partia, jaką kiedykolwiek mogłabym skojarzyć, i wątpię, czy sama mogłabym kiedykolwiek ją przebić".

Wybuchła kakofonia, gdy ludzie wiwatowali i klaskali jeszcze głośniej.

Baron musiał krzyczeć, by go usłyszano: „Wznieśmy toast za najlepszą swatkę Londynu, za baronową!". Uniósł kieliszek. „Za baronową!".

Wszyscy odpowiedzieli na wezwanie: „Za baronową!".

O, do licha!

Żegnając się, każdy z gości dygał przed baronem i całował ciotkę Lamb. Wszyscy powtarzali różne warianty zdania: „Londyński sezon nie będzie już taki sam bez pani". Zabijając w ten sposób wszelkie pozytywne uczucia, jakie ludzie mogli żywić do kogokolwiek związanego z domem lub z Amelią.

Przypisując sobie zasługi za skojarzenie pary, ciotka Lamb nieświadomie pogrzebała nadzieje Amelii na kontynuowanie przedsięwzięcia, nawet z mężem, markizem, u steru.

Gdy wynajęta służba sprzątała pokoje i rozwijała dywany na miejsce, podszedł do niej David. „Przykro mi, że goście wszystko tak źle zrozumieli".

Amelia westchnęła. „Zbyt dobrze mi poszło przekonywanie ich, że to wszystko zasługa ciotki Lamb".

„To prawda. Przez resztę wieczoru próbowałem przekonać dżentelmenów, że będę doskonałym partnerem w interesach, ale nie chcieli o tym słyszeć. Mimo że powiedziałem, że to ty będziesz wykonywać pracę, a mężatka będzie idealną osobą. Mówili, że im mnie żal, iż żona markiza będzie musiała pracować. Sugerowali w dość łagodnych słowach, że jestem oszustem".

„Och, mój drogi".

„Niestety, doszedłem do wniosku, że dla większości ludzi pozory liczą się bardziej niż umiejętności".

„Mniej więcej tak".

„Nie musisz za mnie wychodzić, jeśli zmieniłaś zdanie".

„Co?" Straciła interes, dom, a teraz prawie męża? „Chcesz mnie rzucić?".

„Ani trochę, ale… nie musisz już za mnie wychodzić, bo powód właściwie już nie istnieje… a w każdym razie, odniosłabyś większy sukces, gdybyś została wdową".

„Nie mów takich rzeczy!".

Wyglądał na przygnębionego. „Wszystko ci zepsułem. Myślałem, że ofiarowuję ci wyjście, a wszystko zrujnowałem".

„Przestań. Niczego nie zrujnowałeś. Dochodzi do

mnie, że ciotka Lamb i ja radziłyśmy sobie tak długo, jak tylko mogłyśmy, ale w pewnym momencie i tak by się to rozpadło. Zaczęłyśmy to przedsięwzięcie, bo potrzebowałyśmy funduszy, a to był akceptowalny handel, w który mogłyśmy się zaangażować. Teraz, gdy wszyscy publicznie myślą, że to wszystko zasługa Lamb, a ona wychodzi za barona, cóż, to zgrabnie kończy jej działalność".

„Ale twoja się nie skończyła. Zwariujesz, nie mając nic do roboty".

„Nadal za ciebie wyjdę, markizie, jeśli mnie zechcesz. Kompletne zero, splamione handlem".

„Tak, proszę" – sięgnął po jej dłoń i ucałował ją, po czym spojrzał na nią spod rzęs. – „Czy mogę prosić o prawdziwy pocałunek?".

„Doskonały pomysł".

Pocałowali się w chłodnym nocnym powietrzu; ich usta stały się ogniskiem ciepła, gdy dawali sobie nawzajem pocieszenie i obietnice tego, co miało nadejść. Kiedy przestali, ich oddechy ukazywały się w postaci mglistych obłoczków.

„Mam pomysł" – zaczęła Amelia. – „Sprzedaż doszła do skutku, więc jesteś właścicielem tej posiadłości".

„To prawda. I dziękuję ci, że przejrzałaś umowę. Mnie rozbolała głowa, zanim dotarłem do połowy pierwszej strony".

„Cieszę się, że mogłam pomóc. A teraz, co o tym myślisz? Pojedziemy do twojej posiadłości w Caernarfonshire i przez jakiś czas będziemy robić to, co robią małżonkowie, zarządzać posiadłością i tak dalej".

„Podoba mi się, jak to brzmi".

„A potem, później, w przyszłym sezonie, moglibyśmy może zacząć od nowa".

„Ale ludzie by cię pamiętali. Wydaje się niemożliwe, żebyś mogła zacząć tam, gdzie skończyłaś".

„Ach, ale tu jest właśnie ta sprytna część. Użyjemy innej nazwy. Jako publiczną twarz tego wszystkiego postawię stateczną wdowę".

Uśmiechnął się do niej konspiracyjnie. „Uwielbiam, jaka jesteś sprytna".

Pocałowała go ponownie z całą miłością, jaką w sobie miała. Kiedy się odsunęła, zapytała: „Nie znasz przypadkiem jakichś statecznych wdów? Takich, które nieprędko rzucą wszystko, by wyjść za ukochanego z dzieciństwa?".

Odsunął się i podrapał po głowie. „Cóż, moja matka jest wdową. Dlatego jestem markizem".

„Idealnie!". Amelia pocałowała go ponownie i zupełnie zapomniała o chłodzie. „Myślisz, że byłaby zainteresowana byciem twarzą takiego przedsięwzięcia?".

„Nie śmiałbym odpowiadać w jej imieniu. Ale możesz spytać, kiedy ją poznasz".

Amelia uśmiechnęła się na myśl o tych możliwościach. Markiza-wdowa jako swatka. Jakże idealnie!

EPILOG

Po ślubie zatrzymywali się w wielu karczmach w licznych miasteczkach w drodze do Caernarfonshire. Każdą noc spędzali razem, poznając się nawzajem, ucząc się, co sprawia przyjemność drugiemu i im samym.

„Muszę cię przeprosić" – powiedziała, gdy siedzieli w powozie na ostatnim odcinku podróży. – „Myliłam się co do małżeństwa".

„Nie mylisz się co do każdego małżeństwa; słyszałem, że niektóre są naprawdę okropne" – odparł. – „Nasze wciąż może się zepsuć".

Szturchnęła go łokciem w żebra. „Nie mów tak!".

„Wkrótce możesz mieć mnie dość, gdy będę chciał, żebyś czytała kontrakt za kontraktem i ciągle pytał cię o zdanie, jak prowadzić interesy".

„A co innego miałabym niby robić?".

„Nie wiem. Być markizą i pijać herbatę z gośćmi".

Amelia roześmiała się. „To szybko by mi zbrzydło. O rety. Zawracajmy, popełniłam straszliwy błąd!".

Chwycił ją i pocałował namiętnie. „Teraz już za późno”.

„Dla ciebie również za późno”.

Poznali służbę, a markiz oprowadził ją po posiadłości. Wkrótce złożyli wizytę w domu wdowim, a Amelia i jej teściowa popijały herbatę, rozmawiając o pogodzie.

„Może pani uznać to za lekkie szaleństwo, pani markizo. Ale co pani sądzi o swataniu?”.

„Och, całkiem to lubię” – odparła markiza wdowa. – „Kogo ma pani na myśli?”.

„Napełnijmy filiżanki” – rzekła Amelia, dając znak służącej, by dolała jej herbaty. – „Muszę pani opowiedzieć, jak poznaliśmy się z pani synem. Stało się to za pośrednictwem swatki i podsunęło mi to pomysł na całkiem wspaniałe przedsięwzięcie”.

Jej teściowa posłała Amelii chytry uśmieszek. „Ardalythes nie powinna pracować, chyba że dla swojej posiadłości”.

„Ach tak, w pełni się zgadzam. Jednakże wdowa byłaby idealną osobą, by pokierować młodymi debiutantkami i odpowiednimi dżentelmenami na rynku matrymonialnym, nie uważa pani?”.

„Miałaś sporo czasu, by to przemyśleć. Stąd do Londynu jedzie się tydzień powozem”.

Prawdę mówiąc, Amelia nie miała zbyt wiele czasu na myślenie w podróży; wszystko to postanowiła, zanim wyjechali z Londynu, ale miło ze strony teściowej, że oszczędziła jej rumieńców. „Nie będę pani na razie zbytnio obciążać, ale jest to coś, co chciałabym wznowić. David wynajął nasz londyński dom na resztę sezonu i w najbliższej przyszłości nie będzie nam potrzebny”.

„Nie, podejrzewam, że będziecie chcieli skupić się na pokoju dziecinnym”.

Lodowaty dreszcz strachu ścisnął Amelię w żołądku. Pokój dziecinny.

„Wszystko w porządku, kochanie?”.

„Przepraszam, ja… nie myślałam o tym. Nie mam pojęcia, z czym to się wiąże. Będę potrzebowała również pani rady w tej kwestii”.

„Z przyjemnością pomogę. W każdym razie to jeszcze daleka droga”.

„Naprawdę?”.

„Czy matka cię nie uświadomiła?”.

„Ach, zmarła, gdy byłam mała, a mieszkałam z owdowiałą ciotką, której mąż umarł zaledwie kilka miesięcy po ślubie. Szczerze mówiąc, nie sądzę, by go zbytnio lubiła, gdyż zawsze miała słabość do barona Abergavenny, za którego teraz wyszła”.

Markiza wdowa odstawiła filiżankę. „Ach tak, to ona jest tą dawno utraconą miłością, o której słyszałam”.

„Słyszała już pani o baronie?”.

„O tak, znam całą szlachtę po tej stronie Wye”.

Amelia zachichotała, popijając herbatę. „A ilu z nich potrzebuje dobrej partii?”.

„Całkiem sporo”.

To zrodziło nowe pomysły. „Może nie musimy czekać

z powrotem do Londynu; może mogłybyśmy zacząć przedsięwzięcie tutaj?".

„Myślę, że będziemy się świetnie dogadywać. Witaj w rodzinie, moja droga. Mów mi Mamo".

O AUTORZE

Ebony pochodzi z Melbourne w Australii i pracowała jako dziennikarka dla kilku lokalnych gazet w tym mieście. Następnie spróbowała swoich sił w pisaniu powieści romantycznych i nigdy nie żałowała tej decyzji. Wyszła za mąż za Walijczyka i razem wychowujecie syna w Melbourne, gdzie jednego dnia może być nieznośnie gorąco, a następnego lać deszcz.

Ebony Oaten kocha historię, ale nie przepada za jej przeżywaniem na nowo.

Jest autorką wielu uroczych historycznych powieści romantycznych i cieszy się, że tłumaczenia na różne języki docierają do nowych odbiorców.

Wraz ze współautorką Catherine Bilson stworzyła serię Księgarniane Piękności, która zachwyca czytelników na całym świecie.

facebook.com/EbonyOaten

KSIĘGARNIANE PIĘKNOŚCI

Gorący Wielbiciel Estelle

Wesoły Dżentelmen Marii

Świąteczny Bohater Louise

Przystojny Doktor Bernadette

Chętna wdowa po Matthew